短篇小說集

過程

胡燕青

過程——胡燕青短篇小說集
作者／胡燕青
策劃編輯／周淑屏
協力編輯／羅詠恩
美術設計／陳詩韻
出版發行／突破出版社
香港沙田亞公角山路33號突破青年村
電話：2632 0000　傳真：2632 0388
電郵：breakthrough@breakthrough.org.hk
網址：http://www.breakthrough.org.hk
http://www.btproduct.com
承印／陽光（彩美）印刷有限公司
2018年6月初版1刷

Process
by Wu Yin Ching
First Printing, First Edition, June 2018

Printed in Hong Kong
ISBN 978-988-8392-80-3

本書經文取自《新標點和合本》，版權為香港聖經公會所有，承蒙允准採用，特此鳴謝。

人文價值

或坐在巨人的肩膀上，或呷一口書香，讓我們的生活漸次提升，讓眼界更見遼闊。

目錄

若一個肢體受苦，所有的肢體就一同受苦；若一個肢體得榮耀，所有的肢體就一同快樂。[1]

義肢

巴士的輪子壓在腿上的一剎那，阿峰很震驚，但沒有想像中痛，更強大的恐懼是自己會就此死去。昏倒以前，他想起幾件事：媽媽會很傷心，她的一生也必定要給毀了。他不會有機會告訴小允他對她的情意。爸爸，他最愛的爸爸，會喝更多的酒。而自己……自己將要遇見什麼呢？一條隧道，一次詳盡的生命回帶，和那一片有意識有感情的光嗎？都沒有。他沒有看見這些，只知道全身疼痛地醒來之後不久又給醫生麻醉了。再醒來時，他的右腿已經齊膝切去。爸爸媽媽輪流在身邊陪伴他，安慰他。小允也來過兩次，盡說着鼓勵的話。但他暈倒之前對他們的掛念，醒來後都變成了厭煩的感覺。他什麼話都不要聽，他要他的腿。他躺在牀上聽他們說沒完沒了的安慰話，只覺得吵耳。他覺得世界和他之間好像多了一層超強力膠膜，灰色的，半透明的，燈光和日光都因此變得暗淡。他吃不下飯，喝不下水，說不出話。最悲痛的是他知道自己當時跑出馬路去救的那個小女孩，早就給捲進車底輾死了。他是不知怎麼知道了的，想是醫護人員以為他睡着時談論過這件事。事已至此，他無法為自己身體的痛苦找到任何重大的意義。他恨上帝：為什麼要讓他看見她？如果不是她胡亂過馬路，自己又怎會變成殘廢？

他的世界給那一塊極其韌厚的半透明膠膜包裹起來之後，就無法恢復清明了。時間一長，他不斷想到的事情更多。三年級上學期的成績泡了湯，不可能完成課業了；本來進展得很好的，平均分要超過 3.5 一點難度都沒有，累積起來的話，一級榮譽在望了。剛練習到巔峰水平的四百欄，本可在大學之間的比賽中奪冠，如今那些欄都變成一條一條的大木刺，從小腿的傷口一直捅向他的心臟，叫人苦不堪言。教練來訪時，阿峰讓母親把他擋在房間外。除了小允，同學們更沒有一個能夠見到他。如今，他連小允都不想見了。

主診醫生是田徑隊隊友張展路的大哥張展衡，這個醫生做事說話都有點出格。張醫生對阿峰說：「沒有了腿，可以用義肢或坐輪椅，總不會讓你無法生活。我是你的話，絕不浪費時間。」這裏一句「不會讓你無法生活」，那裏一句「絕不浪費時間」，忽然點着了阿峰蓄在心頭的怒火。他看着張醫生，眼睛充滿了紅絲，瞪得大大的，淚珠在眼眶內形成、震動。張醫生怕又説錯了話，輕輕一笑，聳聳肩頭，就撿起他自己的東西離開了，臨走時看了他一眼，有話未説完的樣子。他走後，房間裏只剩下一團巨大的痛苦，蝶蛹那樣緊緊纏着他的心。小允站在門外要進來，他抓起醫院給他的硬膠杯用力擲到門上去。她很無奈，等了一會，影子自行消失了。他雖然覺得自己老套，他不要小允和一個沒有腿的人在一起。但同時，他很想擁抱她，擁着她哭，擁着她像孩子一樣地撒嬌。但她大概已經走到樓下了，以後不知還會不會回來。

就這樣，除了父母，他所有人都擋開了。身體很痛苦，心更難受。沒有人能進入他的世界，因為他們都健全、他們都安然無恙。對他來説，他們的接近是一種巨大的傷害。

Depression，有自殺傾向。裝睡的阿峰聽見醫生和媽媽小聲説。他自己也知道。但可以怎麼辦呢？他會用盡自己的意志力壓制一切自毀的念頭。但人的意志力畢竟有限，太用力的話只會更疲倦。阿峰發覺自己已經沒有辦法離開那片膠幕的強大説服力 —— 他離開人生更遠了。幾天下來，他的精神漸漸陷入了半昏迷的狀態。媽媽不斷餵他吃東西，他卻不斷消瘦。

之後的某個下午，張醫生如常給了他抗鬱藥，和更大劑量的鎮靜劑，讓他睡覺。他對抗着，偷偷吐掉了一半的鎮靜劑，不讓自己睡，但那樣撐着更慘，只感覺心頭的泥漿像要隨時把他滅頂了。

這時，門細細打開，走進一個人來。

那是個穿着小學生運動服 —— 長袖棉質衣褲 —— 的小女孩。他太疲倦，無法開口把她趕走。女孩的頭髮結成扎實的短辮子，十分整潔，沒有飛出來的髮絲。她很矮小，大概十歲左右的模樣。運動服是淺黃色的，襪子白而厚，褲子略微長了點，天藍色的運動鞋，鞋子的兩旁是名廠的白色標誌。十分典型的小學生。是她，是她啊，她就是那個他要撲出馬路去救、卻先給捲進巴士車底的小妹妹！雖然他沒戴眼鏡 —— 但看那一身打扮，正是她。

「你沒給輾死，竟然還能夠走路啊……」他小聲說。走路，多麼奢侈的恩賜。

女孩用清亮的眼睛看着他，對他的話有輕微不解的反應，但她控制住了。她不走近，也沒離去，就在那兒站了好一會。他不知道那段時間有多長，大概有一兩分鐘。女孩的臉有點蒼白，如同受驚，她看着被子下他失去了的腿，像在思索。她眼中還閃動着對他、對生命的好奇。因為無所事事，她的手在校服上抹了幾下，那是一隻指甲剪得清潔、很小朋友的、活生生的手。

「你就是她！我們一同給捲進車底，你整個人都在裏面了。你……難道是亡魂嗎？」

女孩站在近門之處，一動不動，只看着他，眼睛露出感激之情。阿峰的腦袋轉不過來，再說：你……不會是她吧？

女孩聽見他這麼說，就欠身退出了病房的大門。阿峰很好奇，要找他的電話看時間，好記住她出現的鐘點，卻找不着。他只好看看房間牆上的掛鐘，指針說現在剛好是四點四十分。雖然有點朦朧，但阿峰還是看到了 —— 那正是早幾天給捲進車底的一刻 —— 放學時間。他記得自己在昏過去之前，還看見大路上那一片偏斜的日光。

到了黃昏，母親帶飯菜來的時候，他問她：「媽媽，那個小女孩不是死了嗎？」

母親沒正面回答，好像在躲避問題。

阿峰詳細道：「就是那個我衝前去救的小女孩。」

母親回答：「我不知道她的情況。你還是別管了，先康復再說。」

阿峰稍微動了腦筋：「媽媽，我的電話呢？」

「我拿回家給你充電了，你要的話，明早給你帶來。」

第二天中午，阿峰吃了止痛藥就睡着了，媽媽留下了午飯，但沒有留下電話。如今因為這個女孩的重新出現，阿峰的生命多了一個疑點，這讓他的心思集中起來：這孩子怎麼還活着，而且動作自然，一點都不像剛經歷過車禍的呢？只有一個可能了：她是個鬼魂。他很想給她拍照，但媽媽拿走了電話。這個念頭佔領了他的心思，他反而沒那麼低沉了。

太陽偏斜的時候，阿峰身體內的鎮靜劑又發作了，他想睡。不過他今天比昨天稍微醒一點點，可能對藥物適應了。此時，走廊上響起了腳步聲。門打開了一道縫，那女孩又出現了。

「又是你啊！」阿峰說。

這次，女孩露出一個僅可意會的微笑。她的臉有點血色了，頭髮也沒梳得那麼好，有一兩條髮絲掉落到臉上。她在那兒站了三四十秒，就退到門外去，再度消失。

晚飯時，媽媽終於把電話帶了來，充滿了電的。她看着阿峰把飯吃光，很開心，坐了不久，她帶着飯壺離開了，因為嫂嫂正在坐月子，媽媽要回去幫忙。張醫生那天很晚才來巡房，看見阿峰精神比較爽利，就問他好一點沒有。阿峰點點頭。「但張醫生，」阿峰不讓他離開：「我想問一個問題，是精神方面的問題。」

張醫生笑起來：「我可是外科醫生呢。」

阿峰搶先道：「我這種情況，有機會產生幻覺嗎？」

張醫生答：「你雖然仍會覺得痛，但幻覺該不會有的。手術後已經這許多天了。你目前的情緒不大穩定是真的，也因此你要留院觀察，但幻覺則不應該出現。除非你是精神科重號，哈哈。要不要我給你多找一個大夫來？」

阿峰搖搖頭。他已經有了決定：明天四點三十分他要先預備好電話，把小女孩拍下來讓大家看看那是不是幻覺。

第三天，女孩又準時來到。這一次，她簡直好像走了一段很長的路，輕輕地喘着氣。早就戴上了眼鏡的阿峰冷不防舉起電話，準備高速度把她拍下來。可是，出乎他的意料，她沒有走開，他拍攝的時候，她還笑了。阿峰意外得在牀上坐直了身子：「你不怕我嗎？」女孩笑得連酒窩都顯出來了，她搖搖頭，然後從門縫離去。

第四天，他們拍了更多的照片。這些照片中的影像也沒有消失或變成半透明：她不是鬼魂。小女孩依舊每天都來，來一兩分鐘，或幾十秒。之後，她就退出門外。阿峰把照片拿給爸爸媽媽看，他們都嘖嘖稱奇，不敢相信。爸爸說：「這孩子臉色紅潤，天真可愛，一定不是你猜想的什麼……什麼亡魂。」媽媽也說：「我們阿峰傷得如此重，她怎麼可能走得好好的呢？不是說……」她本想說「捲進車底」，但怕引起阿峰的情緒，就住口了，改為道：「那個叫做小允的女孩子打電話來了——那天你的電話在家裏充電——不好意思，媽媽拿來聽了。她很想來看看你，可以嗎？」

「小允……媽媽，我也很想見見她。不過……現在的我……等我不那麼痛的時候，我再找她。」

又過了兩三天，媽媽和醫生都發覺，他的情緒漸漸好一點了。阿峰覺得傷口雖然仍相當痛，但在情緒上，那個活生生地站在他眼前的小女孩救了他。那張包圍住他的灰色大膠膜如今有了個破口 —— 小女孩到底是誰，或該說她到底是人是鬼的謎團和此事所引起的好奇心，就是那個破口。

醫生説：星期四開始，你得用拐杖學習走路了，否則其他肌肉流失太多啦。阿峰竟然爽快地答應了。醫生笑了，還説，現在，專門給齊膝截肢病人使用的義肢已經發展得相當好。如果要求不高，你將來可以像正常人一樣生活、走路。「有這麼理想嗎？」阿峰心裏駁斥他，但這已經不是他的關懷了，他目前只想追尋小女孩出現的真相。

又過了兩天，星期三了。下午四點半，阿峰緊張起來。今天是他全臥牀休息的最後一天了，再過一天，他就可以「走」近小女孩，看看她到底是誰。不過，這一天還要忍耐忍耐。四點四十分，小女孩準時推門而進，和他四目交投，兩人都輕輕笑起來。今天，小女孩手上還拿住一本印着校章的作業簿。阿峰對她説：「小妹妹，你可以告訴我你是誰嗎？」

出乎意料地，小妹妹點點頭，她還一步一步地向着牀邊走前來。只剩下一步的時候，她説：「大哥哥，我想請你看一件東西，然後請你給我的作業簽個名字。」

阿峰聽了，驚訝得說不出話來。她是個活生生的、要交功課的小女孩呢。「難道……難道你的作業就是扮鬼嗎？」小女孩不作聲，半彎下腰，拉開右腿運動褲褲腳下面的拉鍊。她輕輕把褲管捲起，露出一條義肢。「大哥哥，你也會有一條義肢，那時你就會同我一樣，能夠像一般人那樣走路了。」

阿峰扶住拐杖和家具俯下身子，細細看她的義肢，看着那些機關和細緻的接合處，他很激動。據張醫生說，六到八週後，那樣的一條義肢將會是他的「新腿」。但他還是問：「小妹妹，我以為你已經在車禍中死了。」

她搖搖頭說：「我沒死，但撲出來救我的大哥哥卻給撞死了。你認識他嗎？」

「那麼，你不是最近車禍中……的小女孩嗎？」

「我不知道你說的是誰，我是兩年前遇上車禍的。」

阿峰很迷惘：「那麼，我問你，是誰讓你這些日子每天都來我這邊站一會的？」

孩子笑了。她說：「每天都是徐老師帶我來的。她說，我來了，只要站着一兩分鐘，就能夠幫助大哥哥你。她還說，到了星期三，還要讓大哥哥你看看我的『腿朋友』。這就是我的作業── 去幫助一個我不認識的人。其實，我也不大知道我幫了你什麼，她說她今天會詳細告訴我。徐老師又說，我要幫助的人，等同兩年前救了我的那個讀大學的哥哥。」然後她問道：「大哥哥可以在這裏寫些字嗎？例如說：『我真的得到了幫助』之類，然後簽名，請記得寫日期啊。我的作業完成了，明天不用再來了。」

「啊，這怎麼可能？你可不能不來啊，我會覺得很寂寞的。對了，你的老師怎麼知道我給截了肢？」

小妹妹搖搖頭：「我也不曉得啊。」

「對不起，是我犯規洩露病人隱私告訴她的。徐老師是我的女朋友。」張醫生走近來拿起排版，用英文在上面寫道：精神狀態大有進步。寫的時候，年輕端莊的徐老師也走進來了。自我介紹之後，她按着小女孩的肩頭說：這是明明。明明像一個大人一樣，伸出手來和阿峰握手。阿峰手握過了，但他拿着明明的家課本子，不肯歸還。他對明明說：明天，明天請再來一次，來看我拿拐杖走路。到時，我會把家課本子還給你，可以嗎？明明用懇求的眼神看着老師，也說：可以嗎？

當天夜裏，阿峰趴在牀上，在明明的家課本子簽名的那一欄寫了很多字（那讓明明後來拿了個甲等）。寫完了，他還打了個電話給爸爸媽媽，繼而又按了小允的電話號碼。

1 新約《聖經》〈哥林多前書〉12章26節

撕裂有時，縫補有時……[2]

一公分

韓蕊和杜芷蓉從小學一年級起就斷斷續續地同班。因為住在同一屋邨，兩人順理成章地進入了同一小學，又因為成績差不多，大家都給送進了邨口同一家英文中學。

她們的樣子也實在有點像。芷蓉和韓蕊的下巴都比較尖小，牙齒整齊（但芷蓉的比較長，看起來格外俏；韓蕊的比較白，看起來特別清潔），兩人都有個清湯掛麪髮型，額頭上的劉海也都修剪得錯落有致，因為那是邨內同一個理髮師傅的手筆。韓蕊的左臉有個小酒窩，芷蓉則兩面都有。進大學的時候，韓蕊高一點點，但也不過一公分，兩人走在一起，看不出高矮來。不過，韓蕊卻很重視這一公分。她以自己的長腿為榮，暗暗覺得自己修美可人，相對於芷蓉，正正優於體態。這些年來，新相識的老師和同學都有提過「是雙生姐妹嗎」一類的問題。但進了大學，韓蕊突然去剪了個長斜劉海鏟青短髮，更穿了耳洞，戴上了幾個小耳環，打扮潮流得緊；而芷蓉的頭髮則沒怎麼打理，她變成長髮女孩了。兩人的分別開始明顯。

自小，韓蕊就常被誤認為新移民，因為她的名字只有兩個中文字；每一次，芷蓉都為她解釋一番。她說：韓蕊的姐姐叫做韓子清、韓子詠，妹妹叫做韓子雅，只有她叫做韓蕊，四人都是本地出生的。此事沒有人知道原因，韓蕊也不敢去問她的爸爸媽媽，她怕忽然發現自己是個私生女。但她暗暗喜歡自己的名字，因為它比較特別 —— 就這一點擴而充之，韓蕊對自己最貼身的朋友產生了難以察覺而且毫無根據的優越感。比起「韓蕊」，「芷蓉」就顯得平凡了。對於芷蓉因為「需要就韓蕊的名字解話」而「漸漸以她經理人的身分自居」的可能，韓蕊更深感不悅，但其實芷蓉並沒有這樣的嗜好。不過，既然在進大學前已被目為「孖公仔」，韓蕊和芷蓉也沒有什麼分道揚鑣的大好理由，老實説，芷蓉根本沒有想過這問題，而韓蕊知道，兩人一分開，閒話就來了。因此她忍受着，交新朋友的時候總還有個譜，會告訴大家芷蓉是她的「死黨」。她這樣做時，還覺得自己落落大方，是她包容了各方面都遜色於自己的芷蓉。

她們在小學時如膠似漆，一起上學、一起下課，到了初中，兩人還是體育課、家政課分組時的必然搭配，她們互相影響到一個地步，連經期都開始接近。然而，公開試的成績一出來，事情就變了，芷蓉在各科都稍勝（英文科尤其明顯）。兩人一起考進了同一大學的翻譯系 —— 韓蕊暗暗視此為「失策」—— 因為她認為自己比芷蓉優秀，也比芷蓉有氣質，但芷蓉的成績卻相對地好。同系同年同班的話，成績是無法不對照出來的。當優次的意念像種子一樣在黑暗中堅持發芽，外頭的殼就愈見脆弱了；在系裏，她們雖然仍以 twins 的樣式行走江湖，一起找資料、一起做作業，人前甚是友好，其實私下已經疏於交流。芷蓉最近的改變，韓蕊幾乎全不知道。

正因為韓蕊身材好，有人邀請她加入在大專屆經常名列三甲的舞蹈組。她興奮地跑去告訴芷蓉，芷蓉欣喜地笑了，她説：「我也正想告訴你，我參加基督徒詩班了。」

「什麼？你又不是基督徒！」韓蕊心裏忍不住貶損她：「你也不至於如此吧？這些爛團體都能讓你扮成信徒去參加嗎？」

「我現在是了。」芷蓉説完這話，停了兩秒，她期待着韓蕊的反應。但韓蕊心裏想，基督徒詩班，悶死人，我們之間沒話説了。她「啊」的一聲，算是完結對話。芷蓉有點失望，卻親密地拉拉韓蕊的手。「你表演時，我去看；我們獻唱時，你也來聽，好嗎？」韓蕊輕佻地說：「到時再打算好了。嗯，你交了短譯的作業沒有？」

芷蓉點點頭，她看着已經轉了大半個身準備離開的韓蕊，知道心裏的福音信息給她擋在門外了。韓蕊沒說什麼。她的作業一個句子都沒寫，但她不能讓芷蓉知道。她擺擺手，快步走進圖書館。

作業的中文很淺，但要翻譯成英語，也真不容易。她對着電腦，又拿着筆，腦袋裏響着的卻是昨夜深宵練舞之時不斷重複的重音樂。

「嗨，這麼用功？」一個男孩走過來，手放在她的桌面上，強壯的肩頭傾斜過來。她一看是他，就坐直了身子，猶如觸電。他是舞蹈組的核心成員阿龍，比她高一屆，傳理學院修電影的同學。「嗨，」她胡亂回答說：「在趕作業。」

阿龍長得很高，頭髮在腦後束成小馬尾，略帶棱角的臉龐上是又直又挺的鼻子，眼睛修長。他不笑的時候樣子很冷峻，笑的時候卻忽然變回了小孩子，露出了他直接而單純的心思。韓蕊一直深受他吸引，但因進隊的日子尚淺，她還不知道對方是否認得自己呢。其實阿龍已經主動和她打過數次招呼，但她沒有信心回應，許多時就只當作看不見。

「趕作業的話，我們就不能一起喝下午茶了，對嗎？」阿龍道。

韓蕊裝作不知時間，掃一掃電話，看了一眼。「只一會沒有問題的，你請我嗎？」

阿龍聳聳肩頭：「請一頓，欠一頓。我請這一次，下次你請我。走吧。」他的語氣充滿了感情的暗示性。兩人離開了圖書館，往小咖啡室走。天氣漸涼，走在樹蔭下很舒服。忽然，阿龍的手放在她的肩頭上。她一驚，只見他正拿走一塊落在她肩上的枯葉。她整個人抖了一下。「連這樣都慌張起來嗎？小傻瓜。」韓蕊哈哈笑説：「我怎麼知道你想做什麼？我連你的全名都不知道呢。」

阿龍忽然在行人路上立正：「Ma'am，我叫做方策龍，電影系二年級高材生，理想是做一個好導演。現在，正在進行他的其中一件人生大事。」

「呵呵，稱自己為高材生的人，真有點特別。我喜歡。」

「謝主隆恩。我確實是高材生，剛才只是如實報告。」

這頓下午茶幾乎把韓蕊的整個生活結構改變了。她完全忘記了自己的作業，喝茶吃東西一直吃到肚子飽，兩人還待在咖啡室。她確定阿龍對她有意思了，才說：「我們還是回去做功課吧。」阿龍依依不捨地說：那麼晚上排舞時見 —— 然後他後悔了 —— 我們吃得那麼飽，不如一起去圖書館做三小時功課，再一同去練舞？

韓蕊嫣然一笑，這一笑開始了她有生以來最甜蜜的一段時光。不過，有一點她還是不怎麼滿足。阿龍如今常常走在她身邊，卻從沒有清楚表白過，也沒拉過她的手，他只是事事體貼。

就這樣過了幾個星期。一天晚上，他們練舞之後他送她回宿舍。他一直說着那支舞中間最難掌握的地方，說他如何克服了某些難點，又說他看見她最不足的地方在哪裏。韓蕊心裏開始不大高興了，這是什麼意思？忽然他很強調地指出：「那一段的舞者最好是個長髮女孩。試想想，中段逢第四拍轉身時長髮一甩，多棒。 —— 你這個『男仔頭』，真有點先天不足。」

韓蕊站住了，不再跟着他的腳步走。他沒注意，一面往前踱步，一面說：「對了，那個跟你出雙入對的女孩子，是不是叫做杜芷蓉？」

韓蕊說：「啊，原來你想認識她。」

「對啊，她跟你有點像——除了髮型。我昨天在你們宿舍樓下等你時，已經前去自我介紹了。」韓蕊慌張起來。他主動接近自己，原來是要認識芷蓉嗎？難怪和自己一直保持距離啊。此時，他又在前面自說自話了：「你知道我怎樣介紹自己嗎？」

「Ma'am，我叫做方策龍，電影系二年級高材生，人生目標是做一個好導演。」韓蕊摹仿着他的語氣，說了一遍。

「咦？你怎麼知道的？很接近，但不完全一樣。」他笑起來，瞇起幼長的眼睛，又一次孩氣盡露。

韓蕊心裏不悅：原來你總是這樣結識女孩子的。

阿龍說：「這次我沒說自己是高材生。」

聽了這句，韓蕊敏感地再度站定——這是什麼意思？對我說自己是高材生，對她則不說，分別在哪裏？對了，他不想給芷蓉驕傲的壞印象，對我則一點不介意。她想到這裏，整個人都變酸了，像落在一杯巨大的無糖檸檬茶裏，牙齒和心都痺痛起來。阿龍見她還未走上來，就回頭停住，繼續說：「你猜你的好朋友怎麼說？她說：『怎麼我沒聽見她提起你？』」

韓蕊心想：為何要跟她提起你？別說我們現在還不算是在一起，就是真的和你好了，還要跟她報告嗎？韓蕊小聲地「哼」了一下，別過頭去。阿龍走回來，挑戰地說：「你連我都沒提起過，弄得我當時非常尷尬，人人都說你們是 twins，我才膽敢走去自我介紹的，你看，你對我有多好，一試就知道了。」

「泛泛之交，沒有必要到處說。」

「哎喲，你說什麼？我們是泛泛之交嗎？我以為我們已經無所不談了呢。而且，她是你的死黨，跟她提起我也不見得是『到處說』吧？」

韓蕊的心徹底碎了，她明白了。阿龍一直只是個「近身的」朋友，他連手都不碰她的，原來另有目標。她忽然跑起小步來，越過了他，跑進了宿舍的大門消失了，把他留在黑夜裏。接下來的一天，她不聽他的電話，也不答他的訊息。

早上，她因腫了眼睛，沒有戴隱形眼鏡，更架上了太陽鏡，也因為沒有好好整理頭髮，連帽子都用上了。甫進教室，一個翻譯系的同學走過來，開朗地調笑説：「阿蕊，今天好有型啊。」韓蕊冷冷地扯扯嘴角，拿出作業放到老師的桌上。一回頭，她看到芷蓉對着她笑。芷蓉拍拍身邊的椅子，叫她過去坐。她看看教室裏已經來了好幾個人，不好意思推掉，就坐到芷蓉身邊去。芷蓉像小時候那樣，碰碰她的臂彎，把手穿進去，頭湊過來，輕輕道：「我見過阿龍了。」

「嗯，他不過是舞蹈組一個較熟的朋友。人不錯的，你放心。」

「你説人不錯，我自然信你，一定放心。我邀請他來聽我們的佈道獻唱了。」

「佈道獻唱？他答應了？」韓蕊心想：「這麼一見面就約會了？」

「對呀，很爽快地答應了。到時你們一起進場，就可以坐在一起。我不是早把門票給了你嗎？」

韓蕊的心又酸痛起來，「可是我那天要排舞。」

「胡說，如果要排舞，他也來不了啊！他明明說那天是可以的。你是不想來啦，韓蕊，別要我。」芷蓉戳破了她。

教授到了，韓蕊一整課都心不在焉。她從來不懂得恨，因為她驕傲。可是如今她恨他們，恨教授，恨那些對教授說的笑話反應熱烈、哈哈大笑的同班同學。一下課，她就用幾乎等同跑步的速度走回宿舍去。趁室友還未歸來，她一個人抱住枕頭喘氣。她最恨自己 —— 這大半個月來為何這樣笨蛋，給阿龍利用？晚上，她連舞都沒去排。對她而言，世界已經開始反過來旋轉了。但此刻最讓她感到意外的，是她發現失去了阿龍的痛苦，竟然及不上失去了芷蓉那麼難受，這個一直為她的名字解說的、被視為她配角的童年玩伴，原來這麼重要。往後，還有誰來為自己的「身世」辯護呢？

驀地，她拿起電話，打給母親，問道：「媽，為什麼我的名字和兩個姐姐及妹妹的不同？到底我是誰？」媽媽說：「你打電話來就問這個？不是告訴過你，你們的名字是隨便起的嗎？如果我說你不是我親生的，你信不信？」韓蕊一聽，忽然崩潰了，忍不住哭起來，把母親嚇了一跳。這邊廂韓蕊抽泣不止，那邊頑皮的母親趕忙說：「其實是這樣的啊，你聽了可要鎮靜 —— 你兩個姐姐的名字都是你們爺爺起的。到你出生，他生氣了，說『又是』女孩子，他不要給你起名字了，我和你爸看見窗台上的花快開了，就給你取了現在的名字。後來，你伯父家又添了個男孩，你爺爺開心了，再沒追究。到你妹妹出生，他竟又來了雅興，要為她起名字了。他還要求過我把你的名字更改為韓子潔，又說你們是四朵金花什麼的……懂嗎？」

聽着母親的解釋，拿着電話的韓蕊哭得更厲害了。原來自己是因為給爺爺嫌棄，才會有現在的名字。母親一直隱瞞真相，是要維護爺爺在她心目中的形象嗎？沒必要了，原來她一點都不重要。秋風驟起，韓蕊披上外衣，自覺衣服裏面的自己變得很微小，很孤單。

過了兩天，排舞導師打電話來催促，千叮萬囑她要來，否則那幾支舞就出現一個大洞了。她還加了一句：你很重要啊，如果不是太不舒服，務必出席。這句「你很重要啊……務必出席」使她尋回了點滴的信心。到了晚上，她帶着疲乏的軀體回到舞蹈組，看見阿龍對她溫柔地微笑。她沒理他，自顧自地跳。休息的時候，阿龍走過來跟她說：「小姐，你怎麼啦？我哪裏得罪了你？」韓蕊看着他，想像着他身邊的芷蓉，孤單得一句話都說不出來。練習後，阿龍看着她轉身離開，也沒有隨來。但那個晚上，他似乎跳得特別好 —— 他和芷蓉，難道已經在一起了嗎？

痛苦的日子過得特別漫長，韓蕊開始點滴反省自己對芷蓉的態度和對阿龍的假設，逐步明白阿龍的選擇了。她憑什麼看不起芷蓉呢？原來一直以來的輕視，只是一種喬裝了的恐懼。芷蓉比自己安靜與隨和，從來沒有反過來看不起自己，明明感覺到自己的不悅，還裝作不知道那樣，給自己回轉的空間。如今韓蕊很清楚，她寧願沒有阿龍，也不想否定這十多年來的友情。如果他倆真的走在一起了，這不是也很正常嗎？假如自己是上帝，她會讓阿龍跟怎樣的女孩子在一起呢？上帝是公平的，正因如此，芷蓉跟隨了上帝？

「即使阿龍和芷蓉好了，你們幾人不是仍然可以做好朋友嗎？」心裏有個聲音在說。她苦笑起來，自語道：光是說實在太容易了。她的心情很複雜，她充滿了嫉妒，卻為這種嫉妒而看不起自己，更為了可能要失去兩個最重要的友人，不停在面子與感情中間掙扎——而上帝，會稍微看一看她這種落在折磨中的人嗎？阿龍離開了，她不怪祂，她只希望祂不要繼續懲罰她，因為芷蓉說過，祂是愛。如今韓蕊自覺最缺乏的，正是愛。

佈道會的那個下午，阿龍打電話給她，說傍晚要在會堂外的大樹下等她，然後一同進去。韓蕊答應了。到了傍晚，她一個人往會堂走，秋天早就完全過去，寒冬已經到來。大陰天，韓蕊可能沒穿夠衣服，覺得非常地冷。到了會堂前面的大樹，她豎起衣領，瑟縮着挨在樹幹等阿龍。忽然，阿龍從樹的另一邊走出來了，他把一件男孩子的風衣加在她身上。然後，他走到她面前，伸出手來，將她的兩手包裹在他的一雙大手掌裏。

韓蕊打了個哆嗦，想到這些日子的種種，還有他和芷蓉的關係，很用力地要把手抽回來。但她沒有成功，他是那麼堅定，那麼強壯，那麼專橫和篤定，他只需用一隻手就夠力捉着她，如今他兩手都用上了。韓蕊開始發現，他從來都沒有離開，一切都只是錯覺，就如當初她以為自己比人優越了一樣。她看着他，心裏問：這些日子，你什麼都看見了，我的無賴、我的小器、我的任性和我的驕傲，你都了然於胸，還要和我在一起嗎？你的目標難道不是芷蓉麼？

阿龍像看透了她的感受，緊緊盯着她，堅定地搖頭。

她的眼睛問：「這搖頭是什麼意思？」

他用眼睛回答道：「意思是你全都想錯了。我去認識她，是因為想更認識你。」但他口裏卻說了另一句更重要的話：「假如我一會兒站起來決志，你會和我一起做這事嗎？」

她支吾以對：「這，這很嚴重啊，我⋯⋯還未準備好呢。」她在想：假如上帝真的為她預備了他，為什麼這數星期以來要我經歷這麼強烈的心靈折磨？

一陣風吹過，穿心地冷，冷得阿龍一手就把她抱在懷裏。韓蕊震動起來，她覺得上帝在回答她。心靈的折磨是從人心之底層衍生的，上帝來，正是要結束這種折磨。

深深的擁抱之後，他拉住她的手走進了大學的會堂。從暗淡的夕陽餘暉步入了燈火通明的室內，韓蕊感到非常的溫暖。阿龍拉住她一直往舞台走。

詩班正在做最後練習，他們唱着一首韓蕊感到熟悉卻說不出名字來的聖詩，說的是耶穌一個人走向十字架時的孤獨和憂傷。歌聲像一潭淨水，使韓蕊的心變得清澈，潭底顯現出許多不同顏色的圓形的卵石，像她連日來的感情，由尖刻變得圓潤。水光粼粼，無論水底有多少不同的形狀和顏色，水面還是一抹翠藍，平靜如鏡。和舞蹈的超重節奏相比，詩班的平和自然更能寧靜人心。韓蕊的眼睛搜索到台上穿着詩班制服的芷蓉，她正全神貫注地唱。她的嘴唇圓圓地吐出一個潤滑的高音，韓蕊能分辨得出那奇妙的歌聲是她的，但也感到它正和其他男男女女的聲音完美地融合在一起。芷蓉的臉發出奇異而喜樂的光芒，那是韓蕊從來未曾注意到的。她就靜靜地站在那裏聽她的好朋友唱詩，彷彿第一次看見她，喜歡她，心裏充滿初見的欣悦。

此時，芷蓉注意到他倆了。她一面唱一面對着這位童年玩伴笑起來。那個笑容是熟悉的，也是新鮮的。就在同一刻，阿龍反應地把緊緊握住韓蕊的那隻手舉了起來，跟着音樂的節奏揮動。是的，他在芷蓉面前舉起了他和韓蕊相戀的明證。他是認真的，韓蕊多日來的不安一掃而空了。上帝插手使她謙卑下來，讓他們三個人都回到正常而美好的關係裏。不知何故，韓蕊想到了爺爺對女孩子的歧視；但此刻的她只感到身為女性的幸福——她原諒了爺爺，因為她得到上帝的原諒了。她親熱地向芷蓉揮動另一隻手，然後轉頭向阿龍説話。她發現，自己最善長模仿阿龍説的口吻：

「假如我一會兒站起來決志，你會和我一起做這事嗎？」

2　舊約《聖經》〈傳道書〉3 章 7 節

舊事已過，都變成新的了。[3]

影 碟

星期二的選修課取消了，信欣可以提早放學。又碰巧補習學生病了，不用去教他做功課，信欣回到家才下午三點多。心想着放下書包就再出去和阿浩看電影去。她打算從背囊裏抽出家門的鑰匙，卻一時抽不出來。那連住書包內部的鑰匙鏈子，不知道給什麼雜物卡住了。她很焦急，因為聽見裏面的人吵得厲害。是誰呢？這個時間，家裏應該只有媽媽一人，爸爸一般要到了五、六點才回到家，怎麼今天會有他的聲音？

她終於打開了門，衝進大廳，發覺爸爸正向着廚房大吼。而媽媽則在裏面站着，什麼都沒做，她只是無聲地站着。媽媽今年四十六歲，保養得好，臉龐柔和而下巴尖小，平日束了馬尾，即使在家仍薄施脂粉，鼻樑上架着一副流行的粗框眼鏡，剛好遮住了眼角的細紋。媽媽的樣子總是這樣清潔漂亮的，信欣引以為榮，每逢介紹她給同學認識，媽媽都令他們讚口不絕。但今天她的樣子好像一下子老了十年……

爸爸大聲説：「這麼多年了，難道我這樣子走來走去不累的嗎？我一定潦倒短命，短到你可以再嫁！你滿意了吧？」他非常激動，高舉雙臂，兩手在信欣眼前胡亂飛舞。

「你兇什麼？我不過想和你看一場電影。你不看就算了，何必在這裏發脾氣？」媽媽小聲説，似乎提出了個甜蜜的看電影小建議，引來了這場大風波，如今悔不當初。信欣聽到這裏，開始有點明白，也有點生氣。媽媽確實多年沒出去看過電影了。她看的電影，都來自影碟。而那，極其量只能算是電影的影子罷了。信欣知道在電影院裏看戲感覺很不同。

「看什麼電影？你一天到晚看電視劇還看不夠呀？不是買了很多影碟給你嗎？我老了，哪有體力跟你去『蒲』？難道你不知道我今天也要交人的嗎？為了你們兩母女，我根本就沒有充分的休息！」他説時用手指着媽媽，充滿恨意。平日信欣總覺得爸爸既魯莽又不夠斯文，此刻，這種感覺特別明顯。她雖不至於厭惡他，卻極不喜歡他。

信欣走上前去，一手捉住他肌肉開始鬆弛變胖的前臂：「爸爸，你要做什麼？」她的聲音顫抖，因為他的手臂依然相當粗壯，而且力大無窮。

爸爸「哼」的一聲甩開她的小手，拂袖而去，還用力關上了大門。

媽媽像一尊蠟像那樣站在廚房裏，那個小空間的空氣猶如透明的膠液那樣壓抑着她，使她看起來比平日矮小、乾癟、無助，像個已經輸了卻仍必須和命運打架的小女子。她靜止了一會，忽然細細地哭起來，哭聲落在廚房地板光滑的花磚上，像不慎掉落的珍珠耳環。不會吧？爸爸不肯和自己去看電影而已，媽媽竟傷心如此？信欣站到媽媽身邊，用左手攙扶着她，一面用力抵住冰箱的大門，然後用右手打訊息給阿浩：我媽媽好像有事，我不能出來看電影了。

過了十分鐘，媽媽才慢慢安靜下來。她掙扎着要走回房間裏，信欣跟在後頭。「媽，快別哭了，我陪你去看電影就是了。」信欣也知道自己這樣説是胡亂把問題簡化了，但除此之外，她不懂得該怎樣做。畢竟，在她眼中，父母一直是相安無事的「上一代恩愛夫妻」。

母親搖搖頭，要把房門關上，信欣用手推着，一定要跟進房間裏。「媽，你到底怎麼啦？」母親把頭髮上的包布橡皮圈扯下，呆住一陣，又整理好頭髮，重新把馬尾紮好，抽了一口氣，坐在牀上，用手撫摸着被子，先把它掀開，又把它重新折疊好。未幾，她平靜地說：「信欣，我們出去吃下午茶，好嗎？」

阿浩的訊息打回來了：怎麼搞的？好不容易才有半天不用上課也不用打工的時間啊！

信欣回覆道：晚一點，晚一點我才出來，好嗎？

阿浩送來三個生氣的「樣子」，算了！他寫道。感歎號是他加上去的，看起來有點不倫不類、很沒有風度的樣子。為了專心照顧媽媽，信欣徹底按熄了電話。

媽媽說：「信欣，今天就陪媽媽，好嗎？」

信欣點點頭，把手放在媽媽的臂彎裏，和她一同走向樓下的茶餐廳。

信欣的爸爸比媽媽年長許多，都六十歲了，雖然身子很健壯，而且還不時走去跑十公里賽什麼的，但是他畢竟和媽媽不一樣，他老了，嘴角的笑紋變得很深，兩鬢斑白之處要塗上染髮劑，而且，他快要退休了。信欣一直期待他退休，到時，他就可以天天陪着媽媽，兩人甚至可以雙雙到外地旅遊，那她上學時會更放心一點。媽媽是個很「失魂」、很「烏龍」的女子，笑的時候人仰馬翻，哭的時候沒了沒完。這和爸爸的沉默寡言和沒有表情是多麼強烈的對比啊。爸爸好動，媽媽愛靜，書本和影碟幾乎佔有了她全部的休閒時光。但她對父親的活動，畢竟很支持。此刻，一個畫面浮到腦海裏：中學時，她隨着媽媽去看爸爸跑十公里公路賽，她們是開跑後才去到的。爸爸跑完，信欣想去和他招呼，卻被媽媽拉住。不遠處，爸爸和很多人在說話，那天的他十分開朗，身邊也有老有少，熱鬧非常。春光明媚，節日氣氛濃厚，到處都是旗幟和標語，許多家庭帶着小孩子在歡慶叫鬧，她和媽媽卻像毫無關係的傻瓜那樣遠遠站了一會，媽媽說要回家煮湯，就把她拉走了。

雖然爸爸每天總在家裏出現，但只出現一兩個小時。幾年前他當警長，說要在差館當更，傍晚回家喝口湯、洗個澡就走了，很少在家裏過夜。如今換了做保安公司的高層，還是說得在公司睡覺，同樣回家轉轉就走。信欣的感覺十分微妙，當中夾雜着很多期待和不滿：她每天都看見爸爸，但從未真正擁有過爸爸。幸好媽媽是當兼職編輯的，整天都在家陪她。二十多年前媽媽中七畢業，因為她英語不夠好，沒考得上大學，但她常常看書，中文根柢深厚，通過親戚的介紹和親自累積出來的口碑，她得到了好幾份兼職編輯工作。工資雖然不算多，但她能夠留在家裏看顧信欣，母女倆的感情也特別好，因為信欣是她貼身帶大的。他們家從來沒有菲傭印傭，媽媽兼顧家務和工作，井井有條。她的背影、側影和笑臉，常常使家裏最缺少光線的地方同樣明亮而整齊。她有幾雙漂亮的塑料手套，一穿上，就變成了家務媽媽，一脱下，又恢復為編輯媽媽。信欣常常想，假如這樣有本領的媽媽在外頭工作，不知會有多受歡迎呢。信欣很欣賞媽媽，她對阿浩説，將來結婚了，她也很想做類似的工作，留下看管、建設自己的家。阿浩聽了，卻轉過頭去，沒説什麼。可能對一個三年級生來説，婚姻太遙遠。

在茶餐廳暗角的卡位裏，媽媽鄭重地說：「信欣，我想跟你爸爸分開，你怎麼看？」

「什麼？媽，你沒事吧？……啊，我明白了，是不是爸爸有了別的女人？」

媽媽搖頭，信欣知道自己猜錯了，鬆了一口氣。

「那到底為了什麼？你們好歹就將就着支持下去吧，爸爸都六十歲了。臨退休，你要讓他到哪兒去呢？」她很驚奇，自己竟然說出了這兩個詞：「好歹」、「將就」。但人為什麼要「將就」不合理的事情呢？幾乎同時，她眼前出現了阿浩的臉。平時，都是她在「將就」他，其實這很沒有意思。

聽到這裏，媽媽的眼睛忽然明亮起來。她平靜地說：「他不會沒地方去的，你放心。他還有一頭家……」

「你剛才不是說……他沒有別的女人嗎？」

「孩子，聽好：我就是那個『別的女人』。」

信欣呆住了，以往的種種忽然連結起來，形成一浪強大的說服力。信欣不是在做夢，她是醒來了，但她仍對自己說：不會的！

「不！媽，不是的，爸爸……每天都回家……」

「我就是那個別的女人。」媽媽肯定地再說了一遍。

這是非常難以接受的事實，但不會的，不會的，不會的——信欣腦海浮起幾百個有聲有色的畫面，媽媽的圍裙和那兩根綁着蝴蝶結的帶子，她的彩色家務手套因摩擦而發出的聲音，爸爸把湯渣從湯鍋裏撈出來的饞相，他在家時電視機裏永遠響着的新聞報告音樂，媽媽放在廚房裏用來爬高的小板凳着地的悶哼，爸爸的拖鞋磨掉了的一邊的不平衡感，他把鑰匙從五桶櫃頭抓走的急躁，還有他那些不時出現的、沒有貼上郵票的銀行信……這不是一個家是什麼？信欣對於和阿浩一起生活的所有期望，就是以這個家為藍本的 —— 不必大，但整潔安靜，有爸爸、有媽媽、有孩子。她無法接受母親才是第三者的事實。她還是喃喃地說：不會的……

但有一點信欣確實是知道的，母親和爸爸的婚紗照，是她七、八歲的時候他們才去拍的。那是在媽媽第一次和他大吵大鬧之後的事了。說到吵架，他們真的很少吵，直到今天，而今天吵架的議題竟然是看不看電影！她想到這裏，忽然覺得自己毫無還手之力，她已落入了一個正在轉移、翻開又打摺的錯誤宇宙之中。她是一個外遇和一個臭男人的私生女，而非幸福家庭的唯一小公主。一切的美好變得醜陋。她心裏對阿浩同時生出了莫名其妙的厭惡。

「媽媽，你為什麼要做人的外遇？」信欣覺得幾乎絕望了，這是難以贖罪的大錯（而且，為什麼要自己也來受此痛苦、也來贖罪呢？她深感不忿，卻沒有據理力爭的理。）「原來，你連和他看一次電影都要如此爭取。媽媽，你為何是外遇啊？」信欣在記憶裏搜索父親四十多歲時的樣子。那時他確實很健壯，挺直的鼻子和較長的下巴使他的側臉看起來很有魅力。小量的皺紋並不妨礙他和媽媽的相襯，他的手臂很有勁，到了信欣七、八歲時，他還是會抱她、親她，這是他每天進門時必做的動作。但媽媽說，爸爸當年的愛很粗暴。她雖然知道兩人在一起不對，但因為她有了孩子，就「將就」着、分不開了。

信欣問：那個孩子就是我嗎？她的罪咎感更深之時，她的無辜感也更深。此事不能告訴阿浩 —— 但為什麼不能？大概因為她覺得難以接受的，阿浩該也不會接受吧。想到這裏，她對阿浩的反感更深。她頹然坐在卡位上。「媽媽，假如你們要分開，為何不早一點？」

媽媽沒回答。其實信欣也曉得，對於這個粗人爸爸，自己也如此捨不得，何況媽媽呢？但那畢竟是個錯誤，對他原來的家庭來說，更是罪惡，信欣無法為媽媽辯護。

那天晚上，他們沒有吃晚飯。為爸爸煮好的那一大鍋淮山湯，母女倆喝了好久都喝不完。信欣覺得家裏的燈光暗了一重。這個家忽然給她一種虛假、空洞的感覺 —— 沙發太大，電視太無聊，拖鞋太多，一切太整潔。其實每天晚上她們都是這樣度過的，但今天的感覺難受得多了，就好像空間和安靜也成為壓力。信欣沒打算再求媽媽讓爸爸留下，因為她知道，即使他每天傍晚照常出現，如同過去的二十多年，情懷已經不再。爸爸的側影像從一張紙剪掉了，留下一個很大的不當的彎弧，一個耗費時間的彎弧，一個強佔空間的野蠻的彎弧。忽然想起阿浩，啊，竟然忘記答應他出去見面，她拿起手機，重新開機——但此刻的信欣沒有太大的可惜的感覺。她關了手機很久，阿浩的訊息累積多了。他愈來愈生氣，因為她忘記了履行的「晚一點出來」諾言，他最後的訊息竟揚言要分手。看到這裏，信欣終於崩潰了，整個家裏的一切——人物、家具和細節，都因着淚水的湧動而變得扭曲。她反應地回答説：好，我們分手吧。

就像一種冥冥中的帶領，她和媽媽都要和她們的那個「他」分開了。爸爸的粗魯自私，阿浩的急躁小器，使信欣投向比較令人舒服的寂寞。她擁着媽媽很久，在沙發上枕着她的大腿睡去了。媽媽給她換了個枕頭，加了被子，就這樣，她睡到了天亮。起牀的時候，掛在大廳那張父母的「婚紗照」給拿了下來，牆上換上了一張沙灘畫，那是媽媽很早的時候就買了回來但沒有地方掛的。

事情就這樣結束了。二十多年的小家庭，十二個月的甜蜜大學情侶。沒有人感到可惜，沒有人吵鬧，沒有人覺得不忿。

未幾，媽媽在一家小出版社找到了一份全職的編輯工作，每天上班，一週五天半。有些日子她回家時會累得不願做飯，此時信欣就會拉住媽媽去吃意大利菜。其實信欣幾乎每天都在入黑後才回到家，媽媽看見她都很歡喜，嘰嘰喳喳地說着白天的在出版社的趣事。信欣上課、兼職，在圖書館的一角開闢出聚光而私密的學術天地。識見暗暗增長的時候，她問自己，為何世界一度只有阿浩和爸爸而不自覺？

這一天，研究院的錄取信來了，就在她得悉自己將會拿到獎學金在大學讀哲學碩士的同時，阿浩在她面前大搖大擺地晃過。他拉着一個和信欣相熟的女同學的手，那個女同學，以前本來就是他的女友。一年多前他移情別戀的對象，正是信欣。此刻，信欣的罪咎感完完全全被挪走了，天空給她一種正在打開的感覺，她的肩頭在往上升，人很輕鬆。她追上去，大方地和兩人打了個響亮的招呼。

3　新約《聖經》〈哥林多後書〉5 章 17 節

你要使父母歡喜，使生你的快樂。[4]

八個地鐵站

天空的灰雲沒有像天氣預告那樣打開，期望中的藍色沒有出現。銘津的家離大學太近，申請不到宿舍，離家獨立的模糊夢想突然變得清晰而遙遠。他遲疑了一陣，把心一橫，決定搬到外頭住。脱離父母自己生活的念頭，在這兩三年來於公開試的背景裏暗暗亮起，使他進入一種微細的、難以察覺的興奮。大學的決定讓他失望，卻是意料之內的。

宇翔和他一起考進大學，但家最近搬到了新界西北盡處，因此大學給了他宿位。銘津很不是味兒，對他說：「簡直想打你。」

宇翔道：「傻啦，又不是世界末日。一年級住宿舍得住雙人房，也不見得很自由啊。我是你的話，會自己想辦法。」

他和宇翔商量了好幾天，就有了辦法：找人介紹出去做兼職攝影師，幫客戶做點「執相」的工作，再加一兩份補習，經濟上應該可以應付。他租到的地方是舊區裏的一幢唐樓，房東羅先生和羅太太是宇翔的堂伯父伯母，年紀和銘津的父母差不多，羅太太五十出頭，羅先生六十多一點，剛剛退休。他們的兒子到英國讀書去了，一個頗大的房間空了出來，本來不打算出租。通過宇翔的介紹，夫婦倆找到了這個大學生租客，很快就答應了，也不知宇翔跟他們說了什麼話；月租只收三千七百元（便宜得太不合理了），房間近乎一百平方英呎，有一整列窗子，雖然樓層較低，但窗子早就裝上了雙層玻璃，關上就不怎麼吵了，房間內有空調裝置，用香港話說，簡直「抵到爛」。

銘津問宇翔：「不會有問題吧？他們能夠供兒子到英國讀書，生活應該很充裕，一般不會為三千多元把房間租出去。」

宇翔笑道：「我四伯父退休前是土木工程師，經濟當然不會有問題，只是房間空着白空着，伯母覺得方便一下大學生也不錯而已。我保證，一定沒有問題。他們的兒子算是我的族兄，我和他爸爸媽媽很熟。」

「你那個族兄不會回來看父母的嗎？」

「這本來也是我要問的，不過他這兩年確實很少回來，幾次說回來又都取消了，可能在倫敦念法律真的很不簡單。還有，他們尚有一個略小的客房，他父母早就給他佈置好了。這個大房間，你好好享用吧。」

銘津搖搖頭，覺得簡直難以置信。他把雙手放在褲袋裏，感覺棉質布料柔和而乾爽，袋裏空蕩蕩的，給人舒坦的感覺。他聳聳肩頭，自由了。不過，搬到外頭住的打算，他還沒有和爸爸媽媽說。用什麼理由好呢？說爸爸媽媽管得他太嚴？沒有。他們對他算是很尊重的了，不敲門是不會進他房間的。媽媽太囉嗦？是有一點，但也不過分。她總是用對小孩子講話的口氣來與他說話。他要常常提醒她不可仍叫他做津津，起碼要叫他銘津，最好能喚他作 Marcus，但母親似乎改不了口。不過，為了這個就要搬走，說得通嗎？唯一可以講得服爸媽的理由大概只有一個：那租住的地方比老家就近大學，上課方便，起碼和大學是在同一區的。但銘津和爸爸媽媽心裏都知道，他從老家上學不過要多花八個地鐵站的時間，而那只需要多用十六分鐘。但銘津對爸爸說，每天兩程十六分鐘，就超過半個小時了，時間很昂貴（他卻沒說出去兼職要用上多少時間）。出乎意料，銘津只花了五分鐘，就得到了批准。十八歲，第一次離家，似乎非常合理，爸爸媽媽還開始為他打點行裝，爸爸給他買了一個很大的行李箱和一個保溫壺，只此而已。快要搬家的那一天，媽媽問：你星期幾會回來？銘津說：這很難說，要看功課多不多。媽媽點點頭，又道：交租的錢你夠嗎？銘津搖搖頭。媽媽以為他說不夠，就把手伸進提包。但銘津即時補充道：我已經十八歲了，媽媽你不要老問這些問題嘛，我有分寸的了。

走進了新的「家」，銘津意外地發現他打算去買的牀褥已經有了，而且早就包上了牀布。雖然那種棕色黃色條子款式不是他喜歡的（他只喜歡灰色和白色相間的圖案），但也潔淨可愛，他就勉強接受了。放下不多的行李，打開書桌的抽屜，正想把東西放進去，赫然發現裏面有一張從書局買來的、印製漂亮的硬卡，上面用粉紅色的英語寫着「歡迎你」。銘津心裏大叫起來：「不是吧？這太肉麻了。以後，房東會不會常常搞這些花樣？」

在這裏睡覺的第一個晚上，距離開學只有一星期了。迎新活動已經進行得如火如荼，他同時忙着搬家，有點累。放下了窗簾，開了冷氣，躺到牀上，他才發現外頭走過的車輛亮着的車頭燈一陣一陣地掃射過來，窗簾布擋也擋不住。人安靜下來時，就清晰聽到外頭車子行走的聲音浪潮一樣此起彼伏。他第一次睡不着覺，心裏有點焦急。現在已經是午夜一點多了，還是覺得諸多干擾。可能這房間比自己家裏的大，無法提供一點讓人安心的感覺，人太警覺了，耳朵搜索着一切微小的聲音，看來有一段時間要醒着。後來他想到要殺死聲音的最佳方法是用更大的聲音來對付。於是他打開電話，播放一個牧師的講道。豈料那位牧師講得特別精彩，他幾次大笑起來，更加睡不着了。

天一亮，他就醒來了。看看手錶，自己可能只睡了三、四小時。上午，這向東的房間非常明亮，這是他沒想到的。他很疲倦，閉着眼睛坐在牀上養神。忽然，門給敲響了。只穿着內褲的他嚇得馬上套上了長褲，隨手拿起一件 T 就往身上套。門打開，外面站着房東太太。

「啊，羅太太你早。這麼早，你找我有事嗎？」

「沒事！我知道你昨夜大概十二點前就關燈了，估計你已經睡飽，所以來請你去和我們吃早點。不要誤會，我們不是包早餐的，不過今天米粥做多了，不想浪費。來，刷個牙，和我們一起吃吧。」

銘津唯唯諾諾，不好意思推掉，只好馬上洗臉刷牙，走到廳上，在羅先生的旁邊坐下。原來除了粥，桌子上還有餃子，羅太說那是羅先生做的。銘津很誇張地說：厲害呀！然後吃了兩個。天哪，一點味道都沒有。試一試粥，同樣的淡，估計是老人家故意少放油鹽的緣故。但礙於自己是客人，只有連連點頭說好吃、謝謝、不好意思等話。

這天回到大學，他第一時間跑到飯堂去。那兒的早餐是香腸、太陽蛋、沙爹牛肉米粉和沙律……該説應有盡有。他掏出腰包來，買了一客炸魚，拿到一旁吃。但吃了一半已經飽得很，似乎要放棄了。他一方面怪自己不環保，一方面想：這種局面可不是他造成的，因此感到很委屈。奈何約了辯論學會的師兄，必須離開了，不能再慢慢把剩餘的吃掉。

開學前的一天，銘津把背囊裏的東西都拿了出來，清理了一些買東西時的收據之類的垃圾，準備把簇新的筆記本和教科書放進去。門又給敲響了，這一次進來的是羅先生。羅先生和羅太太不一樣，他話不多，但是比較喜歡教訓人。門打開，他用淩厲的目光橫掃了一眼，忽然説：我給你換一盞檯燈吧。

銘津嚇了一跳：「為……為什麼？我帶來的這個很好啊。」

「不行，你這個是光管，會弄壞眼睛的，年輕人就是不懂得保養自己的身體。」羅先生說。「你等我一會兒，我去拿個好的給你。」

他離開後，銘津忽然想起爸爸也說過這句光管壞眼一類的話。但當時銘津覺得他在挑剔他，回嘴道：「我就是喜歡這燈的款式，你別管我。」

未幾，羅先生回來，拿着一個樣子十分老套的燈，銘津一看，幾乎給嚇死了。但羅先生二話不說，就拔掉他檯燈的插頭，把那個老款的換了上去。這個綠玉燈罩加上那條金色用作開關的鍊子，幾乎沒把擁抱現代簡約主義的銘津氣壞。他好不容易送走了羅先生，關上了門，上了鎖，又把自己的燈換回去。但是，那個綠玉燈罩該怎樣藏起來才不礙眼？最後他把它放到牀底去。但是，牀底塵比較多，他又把它抽出來，用報紙包好了，才再放進去。這些功夫，平時是媽媽做的，媽媽會把不常用的舊物包起來才放好。

開學之後，銘津和翔宇以及一些新相識的同學很多時都在外面吃晚飯。大家有了共識，一起吃比較便宜的；雖然味精多一點，但是吃的時候，勝在好朋友多，大家胡扯半個晚上，再回到圖書館去讀點書，生活美滿。不過，銘津比大家要早離開圖書館，因為羅先生早兩天告訴他，羅太太怕聲音，叫他若沒有必要就不要遲過十點回家，否則她會因為他的鑰匙聲響睡不着。同學說：「十點？你說笑吧？」從此，銘津和同學一起的生活就少了圖書館的那一截，大家吃完晚飯都九點了，難道他只上去半小時嗎？

一天，翔宇道：「要不要到宿舍來『屈蛇』？」銘津很爽快就答應了。他回羅先生那裏拿了些衣物，就趕到翔宇的宿舍來。那天夜裏，大家都沒怎麼睡，宿舍生活實在太精彩。聊天，打機，吃糖水，做 project 的簡報，談政治，分享個人戀愛經驗或幻想……

第二天，銘津幾乎累死了，三點半的課蹺了，回到羅先生家裏，和衣睡倒。睡了不足半小時，又有人來敲門了，又是羅先生。他一副嚴厲的臉孔，說：「你昨夜沒回家？」

銘津還未醒來，用低沉的聲音回答說：「對，我昨夜在大學。」

羅先生看着他，像一頭大象看着一隻狗（雖然銘津比他高出一個頭）那樣，說：「回來睡，不回來睡，總得說一聲，我們昨天等了你一夜。」

「等我？」銘津心想：「你不過是我的房東，為何要等我？我怕鑰匙吵醒你太太，不就索性不回來了嗎？等我是什麼意思？」但他口裏說：「啊，是嗎？對不起，往後你不用等我了。假如我十點還未回來，你就當我在大學裏睡好了。」

羅先生恨恨地看着他：「你這是什麼意思？大學裏哪有地方睡？如果有，你來租房子幹嗎？年輕人夜裏到處流蕩，不知所謂。」

銘津心中冒火了：「這關你什麼事？我爸爸媽媽都不會這樣說我啊。」但因為對方是房東，而不是爸爸媽媽，他只好把這話吞回去。「這個……我日後若不回來睡，就打電話告訴你好了。昨夜累你們等，不好意思。」

羅先生帶着他那「不知所謂」的譴責眼光準備離開，忽然又回過頭來，道：「電話不可遲於九點打回來，我雖然不是你爸爸，但你既然住在我這裏，我就有責任照顧你。你要知道，這裏不是酒店。」銘津沒作聲，但他想：這裏明明就是酒店，這個要管，那個要管，我為何不住在家裏？

羅先生見他毫無悔意，搖頭離開，但走了兩步，又轉頭盯住他的書桌，他分明看見銘津又把自己的檯燈換回來。銘津想：天哪，你要何時才走？羅先生一副很不高興的樣子，銘津以為他又要教訓他了，豈料他說：「冰箱裏用玻璃盒子盛着的紅豆沙是留給你的，你自己加熱來吃，不能吃冰的。」銘津聽了，有一種啼笑皆非的感覺。他回到自己的牀上，但睡意全消。打開電腦，作業在等着他，但他精神疲累，腦袋無法運作，做功課的念頭打消了。打電話給翔宇，對方正在酣睡，給他吵醒，罵了他兩句，銘津忽然覺得很孤單。他洗了個澡，換上清潔的衣服，坐了八個站的地鐵，回到家裏。媽媽看見是他回來，非常驚喜，馬上從冰格裏拿出一大袋雞翅膀，說要做給他吃，銘津大叫起來：「好啊！」

雖然今天母親沒有煮老火湯，畢竟做了銘津最愛吃的幾道菜。那一夜，他吃飽飯，還跟爸爸下了一盤棋。此時，他忽然好想在老家洗個澡、睡一夜。不過，他想起自己不回去羅先生那兒睡是要先申請或報告的，就說，爸爸，我還是回……他想說「家」，但記起自己現在才是在家，就改為說「那邊」睡，因為明天上課用的書本都在那兒。爸爸說：那就回去吧。站起來離家時，銘津看看電話，哎喲，九點了呢！於是他先打電話給羅先生，說他會在十點左右回家。爸爸和媽媽打眼色，他們不知道，那一刻的銘津多麼想留在家裏睡一覺。

三個多月過去了，大學考過試，放假了。一天，銘津找到羅先生羅太太都在家的一刻，對他們說：我要搬回家了，這個學期，感謝你們的照顧。羅先生和羅太太面面相覷，想不出為何這個男孩説來就來、説走就走。他們的租金不是超級便宜了嗎？銘津為了使他們好過一點，就説，那是我自己的問題，我想多用時間讀書，不兼職攝影和補習了。這樣的話，我就難以應付租金 —— 雖然已經很便宜。況且，他説，我出來以後覺得爸爸媽媽很寂寞。羅先生聽了很緩慢地點了點頭，羅太太看看他，又看看銘津，眼睛泛光。

銘津收拾東西的時候，忽然明白父親為何為他買了那麼大的旅行箱。他的獨立之夢由這個箱子開始，又由這個箱子結束。此時，他停下打包的工作，先按了個電話給媽媽，説大概晚飯時間就回到家裏了。媽媽説好極了，要吃什麼？銘津道：請媽媽幫我換張牀布，我很累。媽媽道：早換了，就知道你今天回來睡。她又吩咐道：要好好多謝你的房東，以後也不要斷了來往。銘津説：知道了。他從背囊拿出一盒特意跑到中環半山小巷子去買的名牌鳳梨酥，親手拿到廳裏送給羅太太。背囊裏尚有一盒，那是送給最愛鳳梨酥的爸爸媽媽的。

4　舊約《聖經》〈箴言〉23 章 25 節

我們度盡的年歲好像一聲歎息。[5]

過程

媽媽的驗身報告出來了，裴美上完第二節課，就從大學高速趕過來，陪爸爸一同去見醫生。醫生說，媽媽患上了晚期胰臟癌，預計只能多活幾個月。父親即時崩潰了，讓醫生和護士及時扶住才沒倒下。裴美挺住打擊給訊息大哥、二哥和三姐，向他們交代了母親的情況，又叫了的士和爸爸一起回家。晚飯時，除了仍住在醫院裏的母親，久未齊集的一家人都到了。沒有人煮飯，一行人就到了屋苑外不遠的茶餐廳吃。爸爸什麼都吃不下，只喝了些湯。

此時，大哥開始說他認為很重要的話：「媽媽的病，絕不可讓她本人知道，大家都要守秘密。」

二哥沒什麼表情，三姐再給父親添了些熱湯，他機械地喝下，似乎已經什麼都聽不見了。

看着二哥和三姐的反應，裘美心裏非常不舒服。「為什麼要守秘密呢？這不大好吧。」

「媽媽的腹部已經那麼痛，你還要她心情不好嗎？就由她快快樂樂地過完這幾個月吧。」大哥回答說。

「但那樣的話，媽媽就沒有時間處理她人生的問題了。而且，她這樣真的能快樂嗎？」裘美說。

「她有什麼問題需要處理？什麼問題是我們無法代為處理的？」大哥堅持。

裘美想到了媽媽珍惜着的《紅樓夢》詩詞手抄稿，五伯公的中藥藥方，她的十字繡，她少年時和同學一起拍過的發黃的舊照片，她早年學唱粵曲時一一錄製、存起的卡式錄音帶，還有她的銀行戶口——但一想到銀行戶口，裘美就沒敢說下去，她怕兄姐誤會她覬覦媽媽的錢。不過，她總覺得一個人臨死時需要好好和她深愛或珍惜的人說一聲「我走了」，才算圓滿。她看過一本叫做《同行四分一世紀》的書，主角是一個醫生，他同樣患上了胰臟癌，但因為相信基督和永生，他很勇敢，竟然擺酒「請飲」，盡可能和所有好朋友告別！……

「裘美，尤其是你！我警告你，你絕對不可以把真相告訴媽媽！我知道你信耶穌、不願說謊，但不說話不等同說謊，我只要求你什麼都不說！」

「大哥，這是很難做到的啊！你明知道我會去陪媽媽，會和她聊天，我怎可能隱瞞啊……」

「裘美，大哥也許是有道理的……假如媽媽曉得一切不知會有何反應……總之，別吵了……」三姐一面說，一面忙碌地給爸爸添上白飯和肉餅；爸爸垂着頭，一點都沒吃，碗上的東西都要塌下來了。兩人都在逃避。

「二哥，你贊成大哥的看法嗎？」

二哥搖搖頭，不知道這代表「不贊成」還是「沒辦法」，他比三姐更不想表述心迹。裘美小聲但堅定地說：「我認為每個人都有權利知道關乎自己生死的情況……」

大哥忽然站起來，右手大力拍向桌子，登時碗碟都跳了起來，湯水翻高又灑落。大哥怒道：「現在誰是大哥？我說這樣就得這樣！你不要用你的所謂基督徒的良心來嚇唬我！」

裘美聞言，一股怒氣從心底冒升，但更強大的感覺是失望和傷心。她咬着牙，把這一切都吞進肚子裏。如果此時吵起架來，不知父親會難受到什麼地步。

一頓飯就這樣結束了。裘美扶住父親，目送兩位哥哥離開。兩個才三十出頭的男人，在黑暗中顯得非常地消瘦、無助。大哥穿着西裝，肩膊明顯向一邊傾斜，衣服的下襬動盪得厲害，好像隨時要把他扯落在地似的。裘美想起他那個只知撒嬌的兩歲的小女兒——大哥已經是個父親了。二哥穿着一件過寬的老款毛衣，雖然還未當爸爸，但不知怎的竟然露出點滴老態來了。三姐和她扶住爸爸，慢慢地踱回屋苑的大門。今天的爸爸竟然比她們還要矮小一點。三姐說：「裘美，別跟大哥吵了，說不定有奇蹟啊。你們基督徒不是常常遇上奇蹟的嗎？對不對，爸爸？」

裘美忽然覺得自己很孤單。她看着爸爸，他可能更孤單，但她即使和爸爸並肩走着，她和他的孤單都無法彼此抵消。姐姐也一樣，她淒涼地微笑着，在街燈下像一首走動着的、使人心碎的老歌。裘美惦念一個人住在醫院裏的母親，她應該正盯着牀尾的電視機，「看」着那些每夜播放的、爛透了的電視劇，卻一點都看不進去。人的最後幾個月，難道還要用這些東西來打發掉嗎？

媽媽病了，將要死了。裘美感到一陣又一陣深刻的疲倦和傷痛。她真希望此刻可以什麼都忘記，好好睡一覺——然後她忽然清醒地記起了大堆未曾完成的作業，宿舍裏等着她回去一同做 project 的小組，還有她已經報名參加、下月出發的短宣隊……

一家人不知怎的又過了一個星期。這天，母親有一點兒精神，就在牀上坐起來。護士給她洗過臉，裘美就到了。爸爸剛好上了洗手間。母親的臉閃動着微妙的亮光，眼睛竟然充滿神采，一點不像一個患重病的人，反倒顯得比平日年輕了。裘美忍不住趨前一點，輕輕靠在她的肩頭上。母親用手攬住她的背，溫柔地說：「裘美，你們什麼都不願意說嗎？」裘美坐直了身子，別過臉，不讓母親看到她的狼狽。她沒意識到這是她和母親最後一次的親密接觸了。

「裘美，不要為難，我早就知道了，激動了兩個晚上，接受了。人到了這種地步，自己是一清二楚的，誰都隱瞞不了。我會告訴你大哥這不是你透露的。」

裘美點點頭。良久，她問道：「媽，我該怎樣做？我可以為你做什麼嗎？」

「不必特別去做什麼。老實告訴我，我尚有多少日子？」

裘美搖搖頭，她怎麼知道呢？

「給我一個約數就好，讓我有心理準備。裘美，明天給我拿一個乾淨的小本子來，讓我做些記錄，還有我的手寫電話冊。另外，給我買些單行紙，讓我寫點信。」裘美知道媽媽雖然用智能電話，但她還是只相信以手抄寫的電話號碼和親友地址，這讓她感到踏實。但在此刻，為什麼這種踏實仍然能安慰她？

「但媽媽，這會很費神，你不是該多休息一下嗎？」

「小傻瓜，我痛的時候自然會用藥睡覺。但有一點兒精神的時候 —— 裘美，假如你是我呢？你會怎樣做？」

「我……媽媽，我會和你一樣，主動和親友聯絡，把真相告訴他們，與他們話別。但我不一定想逐一與他們見面，我會選擇一下，把該來的請來，也會告訴那些不必來的在電話裏告別就好 —— 我會寧願把時間留給至親。不過，媽媽，我和你的世界觀不一樣，我信人死後還有將來。媽媽，你也會考慮我的信仰嗎？」

母親稍微點了頭，正要回答，忽然嘔吐大作，裘美趕緊把護士叫來。

往後的一段日子，媽媽的好朋友逐漸在醫院出現，他們都不知該說些什麼，不過人也不很多。

母親洞悉病情的事，使大哥大發雷霆，他兇兇地罵了裘美一頓，自己一面罵，一面哭，哭得連大嫂都驚慌起來。幸得她勸說，他才放過了裘美沒給她兩記耳光。但他自己仍激動得難以自持，整個人倒在沙發上。看着那起伏不定的肩頭，裘美覺得大哥正在把加諸他身上的一切壓力都藉故釋放出來了。那段日子，大家都在熬。夜裏，裘美聽到父親擰着了收音機在聽凌晨的廣播；天一亮，他就霍然起身往醫院跑。大哥大嫂帶着女兒到醫院看媽媽時，裘美就站到一旁，像個不相干的人，怕他看見她又發脾氣。她聽見大哥大嫂對媽媽說：現代醫學昌明，媽媽你不用擔心，一定有辦法的。你好了，我們到酒店飲茶。二哥來的時候不怎麼說話，二嫂讓菲傭煮了湯來，自己卻缺席。媽媽喝不下，湯往往浪費掉。三姐一直淒涼地坐在父親的後邊，好像要靠他來擋住窗外的光線。爸爸的背愈來愈彎，六十出頭就像個老翁了。這一切，不知何故，比媽媽的病情更讓裘美難受。相對來說，母親的形象比他們的都要光明和安樂。她雖然覺得自己不孝，但還是忍不住想，如果媽媽的心裏真的已經藏着永生的盼望，她不如早點離去更好，那麼她就不必再忍受那些強烈的疼痛和一家人的愁眉苦臉。

第三個月，大哥和二哥吵翻了，他們竟然是為錢吵起來的，這是家裏從未有過的事。二哥說他收入比大哥差一點點，問大哥是否可以讓他少付一點醫藥費。裘美感受得到那不是二哥的意思，當然，兄弟多年，大哥也該很清楚那不會是二哥的想法。他很明白自己的弟弟就是出去借貸，也不會提出這樣無理的請求。三姐勸架時一語道破：二哥是被動的，請大哥不要怪他。但大哥就是要怪他，怪他縱容自己的妻子，縱容她置身事外、而且事事計算，對媽媽沒有點滴孝心。當然，那時二嫂是不在場的，她不在場的時間多着呢。裘美也覺得大哥是對的。二哥收入確實少於大哥，但是他還沒有兒女，住地段更貴的房子，只有夫婦倆的家裏還請了傭人，二嫂的衣服也總是最時髦最漂亮的。爸爸一直坐着不作聲，此時忽然顫危危地站了起來，走到兩個哥哥中間，伸手把他們分開。他說他已經賣了全部用來收息養老的銀行股票了，醫藥費早已經有了着落，讓他們不要擔心，請他們停口。豈料大哥聽後更火了，他對二哥說：「你看！你連爸爸拿來養老的錢都挪用了，你忍心嗎？」二哥往窗外看，樣子很委屈，因為他兩頭不討好，良心也不好過。裘美都懂的，媽媽一病，所有的壓力點都現形了。三姐過來把爸爸拉開，請他坐下，就在那一刻，她自己就暈倒在地，一家人忙着過來攙扶塗藥油。那個晚上，裘美才知道三姐在媽媽病倒之前剛剛和男朋友分了手。

第四個月，裘美考試，她第一次感到自己全無把握。早一天晚上，她書讀到一半就爬到牀上去睡，但輾轉幾小時睡不着。試考壞了，估計這將會是讀大學以來第一次積點不過三。她頭昏眼花地從試場趕到醫院去，三姐剛好匆匆從裏面走出來，姐妹倆在門口相遇。「裘美，媽媽好像不行了，我現在去接爸爸過來。你上去看着媽媽，不要走開。」

母親要走了，大家圍在媽媽的牀邊兩、三個小時，看着她咽下最後一口氣。沒有慟哭，沒有呼天搶地，甚至沒有預期中的崩潰的眼淚。父親拉着媽媽的手，溫柔地說：「放心走吧，幾個孩子都很乖，我會照顧自己的了。」大哥替媽媽整理好頭髮，大嫂也在幫忙，他們的小女兒拉住大嫂的衣服，眼睛張得大大的，看看爺爺，又看看她爸爸，一臉倉皇，完全不知道正在發生什麼事。三姐依然站在父親身後，用他的背擋住自己的面孔，看不出她有何感受；只見二哥熱淚盈眶，一臉的遺憾，右手按住門口的牆壁，像一尊石像；這一刻，二嫂還是沒有空、還是在遠處、還是趕不及……總之她還是不在場。一整個病房都是人，但不知怎的，護士的眼睛總看着裘美。她要把媽媽打包了，誰來說「可以」？她期待着裘美快點說。裘美看着她變成一團溶化了的、鬆開了的藍色，輕輕地點了頭。

媽媽就是這樣走了的。之前因為大哥和二哥相繼結婚，家庭出現了微妙的變化。第一個成員離開了，家裏少了一點聲音，分別不大。二哥結婚後，明顯出現的是再也沒有了男孩子的生活痕迹。三姐本來比較活潑，但一有了男友，就好像變了另一個人。與其說她是男朋友的戀人，不如說她是他的從僕吧。那段日子，家裏悶得一團糟，有時只有一個女孩細細的吞口水醒鼻子的聲音，那是三姐和男友吵架後必定聽見的。碗碟碰撞和流水撞向瓷盆的碎響變成了主角。就在此時，媽媽病了。

媽媽一病，大家又天天回到這個家裏來，只是吵鬧的方式大大不同了。裘美非常懷念小時候，當大哥二哥還只是中學生，三姐和裘美在同一小學上課的日子。那時候的爸爸媽媽是多麼的幸福啊。一切都很正常，為何一個好端端的家庭還是會漸漸變得支離破碎呢？是媽媽的病嗎？不是，媽媽的病反而把他們帶回來了。其實，當哥哥們分別建立起自己的家，這種分裂就開始了。裘美更知道，將來三姐和自己也會一樣結婚生子，留下日漸年老的爸爸一個人天天踱步往公園去呆坐。她們盼他長壽，但長壽一定意味着福氣嗎？也許，自己也會像媽媽那樣，生下三個、四個小孩兒，日間努力工作，晚上給他們洗澡、幫他們溫習，夜夜睡不飽，努力建構一個熱鬧喧囂充滿生氣的家，用盡力氣扶持他們考進最好的大學，然後釋懷、放手、在孤獨中老去，把老伴送進電動的焚化爐。

裘美看着父親把手指放在那個按鈕上，然後壓抑住心頭的顫抖，果斷地一按，棺木徐徐滑進一個深不可測的地方。裘美的眼淚終於流下來了，這是比面對突遭變故更沉重也更複雜的眼淚，是超越了倉皇無措、手忙腳亂或生離死別的眼淚，是整個過程的細節給濃縮成一種感悟的眼淚。

5 舊約《聖經》〈詩篇〉90 篇 9 節

他為孤兒寡婦伸冤，又憐愛寄居的，賜給他衣食。[6]

箱子

疏堂小表弟明徽來到我們家的時候剛滿五歲，那時他是隨着爸爸媽媽一起來的。他們拉着一個有輪子的黑色大旅行箱來，裏面全是明徽平日用的東西，大都是衣服鞋襪之類的日用品，只有一件玩具，是個髒髒的小布偶。我不明白小男孩為何會玩布偶，後來才曉得明徽睡覺時一定要拿住它。就像所有托兒的父母一樣，明徽的父母和他分手時也會顯有點得依依不捨。我媽對明徽很好，比對我們更溫柔。那時哥哥剛出來工作不久，而我也在大學的心理系讀三年級了。父親離世，母親才剛到五十歲，尚算年輕力壯，留在家裏總想找點事情做，也想掙點錢好減輕哥哥的負擔，於是接納了明徽媽媽的請求，把他接了過來住，並且讓他住在她自己的房間裏。

明徽從星期一起每天都小聲問：「表姨媽，今天是星期幾？」他數着手指盼望星期六快點到來，盼他父母出現。星期六他媽媽會來接他回家過一夜，但未幾就常常到了晚上十點才來敲門。星期六一到，明徽即使累得在廳上的沙發睡着了，也總不肯進母親的房裏睡。這些日子，他爸爸很少來了，極其偶然才會出現一次，更少會和媽媽一起來。他們來的時候，明徽心花怒放，像隻樹熊爬到他爸爸的身體上，這時他爸爸的樣子會變得很尷尬。

明徽長得比較矮小，樣子比實際年齡更小，人不胖，因此小小的腮幫子特別明顯，像兩個乒乓球那樣，很是可愛。他眼睛黑的黑，白的白，非常明亮。他看起來只有三四歲，讓人想捏他的小臉。媽媽中年喪偶後「得到」了這個寶貝兒子，甚是歡喜。從那時起，她比之前更積極思考晚上要吃什麼東西，明徽早上一上幼兒園，媽媽就跑到菜市場去，興奮地挑選好吃的食物。美味晚餐是我和哥哥進大學後少有的好福氣，父親走後，媽媽未試過這樣開朗。媽媽的房間相對較大，明徽就打一個地舖睡在她旁邊，自然地和媽媽親近起來，一老一小漸漸如膠似漆。

一次我聽見明徽問媽媽：「表姨媽，為什麼我不是住在家裏的呢？」

媽媽説：「誰説你不是住在家裏呢？你不是有我，還有子雋表哥和子韻表姐嗎？比起你原來的家，我們這裏還多了一個人呢。—— 這兒就是你的家。」媽媽以為他只是個幼童，可以這樣轉移他的焦點。

但明徽比同齡的孩子聰明。「但表姨媽不是我親媽媽，子雋哥哥和子韻姐姐也不同我爸爸。為什麼不讓我打電話找他們呢？我的同學都不是住在別人家裏的。」

媽媽聽了這個「別人家裏」，氣鼓鼓地不睬他好半天，嚇得明徽一直抱住她的腿。

他提出此問的那天是星期五，理論上第二天他父母是要來的。不過，剛好就在那個星期，他母親來電説沒有空，請媽媽先多帶他一星期。明徽很失望，伏在媽媽的牀上細細地流淚。他是個十分敏感和懂事的小男孩。哥哥看見了，就説，明徽，不要哭，表哥明天帶你去踩單車。

結果哥哥帶着明徽去參加他公司的郊遊，自己沒好好踩過單車，反倒找來了一輛小孩子用的，整天在教明徽。明徽當天就學會了，很興奮地回來宣告他的新成就，不久就睡着了。因為這次單車旅行，他似乎有了勇氣再等一個星期。

又一個星期過去了，明徽的媽媽仍沒有來。她這次和明徽在電話上說了兩句話，吩咐他要聽話就掛線了。明徽悶悶不樂，但他似乎很明白自己「寄人籬下」的身分，沒開口叫哥哥再帶他去玩，於是我只好主動出手把他帶在身邊。我和幾個同學去郊外摘草莓和燒烤，燒烤的時候，明徽還是貼身跟着我。他的小手一直揪住我的毛衣，毛衣的那一角都給他拉壞了。他很用心地摘草莓，每逢見到一個大的，就說要留起給他媽媽吃，次好的要給表姨媽。我說，那我呢？他就再摘一個給我。

最大的幾個草莓帶了回家，明徽用我媽給他的透明膠袋裝着，放在冰箱裏，他每天都要看看它們。他希望下星期六草莓仍然會很新鮮，但草莓漸漸壞了，到了星期五，媽媽說要把草莓扔掉，否則整個冰箱都是黴菌了。星期六早上，明徽拿着盛草莓的膠袋靜靜地坐在沙發上好半天，一言不發。離開了冰箱，草莓爛得更快。黃昏時，明徽睡着了，膠袋仍在手裏。媽媽偷偷把草莓抽走、扔掉，用酒精紙給他清理小手。這個星期，他父母不但沒有來，連電話都沒有了。星期天早上，媽媽把明徽帶到教會去。媽媽說他很乖，就在主日學一年級那一班安靜地坐了兩小時。下午，哥哥見他難受，就拉了我帶明徽到沙灘去玩。這年頭，沙灘已經少了很多蜆殼，明徽一直撿一直撿，也只撿到幾個。我不斷幫他補充太陽油，說要教他游泳，他不肯，似乎很怕水，最多只敢把小腳放進淺淺的海水裏。浪頭一至，他就往我跑來，擁抱着我。這使我很感動，他似乎真的成為我和哥哥的小兄弟了。

第六週他母親打電話來時，好像哭得厲害。媽媽不斷地安慰她，我們在旁邊，只能聽明白少許。她似乎已經和明徽的爸爸分手了；其實，他們從未結婚。如今，她自己輾轉回到了家鄉塘厦開始另一人生。她是理髮師，辭掉了香港的工作，在塘厦和友人合資開了理髮店，週末的生意特別好，根本就無法抽身回港見明徽。就這樣，明徽的生活和他的爸爸媽媽幾乎完全割斷了。哥哥歎口氣說：「子韻，你快畢業找工作吧，我一個人快撐不來啦。媽說明徽母親早已經再沒有給我們撫養明徽的費用了。」我聽了，真是悲從中來。可幸的是父親早就供滿了這個小單位，否則還要交租，我們的情況必定更糟。我傷心，不因為我要出去再找一份家教來做，乃因為我感到明徽的父母已經決定不要他了。這段日子，每逢看見明徽毫無表情地坐在那兒看電視，我都想哭。我一直以為父母的愛是人間最偉大的，其實不一定這樣。這種經驗，使我對人生的把握少了幾分。這種忽然到來的感悟，叫我不得不成熟起來。第一個到訪的念頭是我要開始做點什麼了。我從補習學生那兒出糧後，就去買了幾本兒童書，和一個組合玩具回家。明徽很歡喜，他馬上把我的禮物放進他的黑色旅行箱裏。第二天，我到他的幼稚園去見老師，把他的情況清楚説明了，並且告訴她，往後我們就是他的家長了。老師垂頭不語，最後只補充一句：明徽很乖，成績也好，但完全不像一個只有五六歲的孩子，似乎還有抑鬱的傾向，讓我們好好照顧他吧。

為此，我和哥哥都非常擔心。媽媽反倒説這只是暫時的，明徽一定熬得過來 —— 她對自己和明徽都很有信心。但我還是不放心，於是很冒昧地到心理系去敲老師的門。老師是教育心理學的專家，人很好，他放開一切手頭工作，聽我細説明徽的故事，然後讓我帶明徽去見他。明徽在他辦公室裏待上了一小時後出來，老師暗暗給我的資料是「智力在 140 以上，但心靈脆弱得不得了。他需要很多的擁抱，和很多放膽的哭泣。不要阻止他哭，反要讓他覺得在你們家裏可以哭、可以笑，甚至可以任性。這是要建立他的安全感 —— 不過，若再有任何人要離棄他，他這一生説不定就毀了。」我帶着這個信息戰戰兢兢地回到家裏，偷偷和媽媽及哥哥商量此事。結果，經過很多波折，媽媽正式領養了明徽。

這一切，已經是七年前的事了。如今哥哥已經結婚，搬到外頭住，我也有男朋友了，放在明徽身上的時間明顯減少。

明徽剛升上了一家著名的官立中學讀中一。正如我老師所説，明徽很聰明，功課完全不必我們來照顧，但人十分敏感，和我的談話中，常常認為老師忽略他，同學針對他。我到學校了解過，根本就沒有這一類的事，大家對這個小天才反倒感到有點敬畏，同學只是不大敢和他説話。他在小學成績頂尖，如今也是在前列的。不過人總是很自卑，連老師都覺得奇怪。

在家裏，他最喜歡和哥哥談話，對他很敬重。哥哥如今是中層行政人員了，見多識廣，明徽事事都請教他，幾乎視他為超級長輩。他最愛媽媽，兩人言語不多，但心心相印，對對方的需要瞭如指掌。我敢説，我們讀初中的時候，絕對沒有這樣明白母親的感受。至於我，他更認為我是個需要由他來保護的小表妹。我的專業，好像一點都不管用，他很細緻地觀察米高 —— 我的男朋友，暗地裏對他評頭品足，言語間還有點「醋味」。總體上説，明徽已經是我們的家裏人了。但他好像仍要和我們保持着一點點最後的距離，像一個旅人，隨時準備離開似的，這形成了我們心裏的一條刺，不起眼，卻總帶來輕微的痛感。比如説，他把大部分的私人物品都放進他的旅行箱，箱子還上了密碼鎖，當日就要起行似的。他更説明將來一進了大學就要搬到別處一個人住，不再「打擾」我們云云，媽媽給他氣個半死，幾乎要哭了，説：「什麼打擾啊？這是你在拋棄表姨媽。」他不語。畢竟，如今離開他進大學的日子尚有五六年，我們就將此事擱下了。沒有人知道明徽心裏想的是什麼，我們的直覺是他裏面尚有多得無法逐一打開的糾結，連我這「專業人士」都覺得棘手。

晚上剛和米高看完電影，電話來了，那鈴聲比平時刺耳。是哥哥和嫂子打來的，媽媽給送進了醫院了。「天哪，你們當時在場嗎？」

哥哥說：「沒有……」

「你們都在醫院嗎？我這就來。」

「不必了，是明徽報警的，媽媽在家裏暈倒了。你不用來了，早過了探病時間，我們也回家了。媽媽只是血壓高，今天晚上觀察一夜。醫生說，以後要長時間服藥，以減低中風的風險。目前還好，你放心。媽媽明早上就要出院了，我明早開會，你可以去接她嗎？」

我答應了，但媽媽到底受到什麼刺激呢？

第二天和媽一起回到家裏，她已經很累，沉默地躺在牀上，消瘦的背影有一半給埋在被褥之間，讓我看着就傷心。明徽坐在她牀邊地上的褥子守候着她，就像小時候睡在她身邊那樣。哥哥結婚後，明徽早已住進了他的房間，但這天，他決定搬回媽媽房間裏來。我撫摸着媽媽的頭髮，感受到房間裏有一股不尋常的情緒。媽媽，我説，是不是因為我晚上出去看電影沒陪你？媽媽説，傻孩子，沒有的事。此時明徽起來把我拉到廳上，他一站定，已經滿眼淚水。

「昨天我媽來過，她要強行把我帶走。子韻表姐，表姨媽一聽見就暈倒了。我報警了，然後……然後趕走了媽媽。表哥還不知道此事呢。」

天哪，這事終於發生了。「你媽媽真的考慮清楚了嗎？她真的要你回去 —— 啊，她現在還好嗎？」

「表姐，我知道我用了你們很多生活費，但我……我媽媽已經結了婚，而且有了兩個孩子。如今經濟好了，就想把我接回塘廈去一起生活。表姐，我本來一直盼望媽媽會回來找我，但她來了，我又忽然覺得很害怕。」明徽説時，大顆大顆的淚珠終於流下，圓圓的小面頰輕輕顫動起來，整個人像在發抖。

我扶住他的幼薄肩頭：「明徽，你怕什麼？這不是你一直以來的願望嗎？」

他點點頭、又搖搖頭，說：「我怕表姨媽不要我，像當年媽媽不要我一樣。但表姨媽一暈倒，我就知道我想錯了。」說到這裏，明徽一直無法控制地抽泣，無論我怎樣擁抱他，他還是哭。好久之後，他才回過氣來，說：「媽媽來的時候，樣子老了很多，和我想像中的不一樣了，像個陌生人，但我其實很清楚她確實就是我媽媽。不過，不過現在的我害怕和她在一起。我更害怕要與新的爸爸和弟弟們一起生活，最怕的是要換學校⋯⋯表姐，媽媽是不是有權把我帶走的？」聽到這兒，我也淚流滿面了。我搖搖頭，表示不知道。我讓他的小平頭埋在我的胸懷裏，六七年來的種種，使我裏面大大翻騰起來。我亦如此，媽媽的感受可想而知。我說：「無論怎樣，只要你有願意留在這裏的心，我們已經覺得很安慰。」

明徽的媽媽接着又來了幾次，這一天黃昏，還帶着明徽的兩個弟弟來。那兩個弟弟很嬌氣，和明徽真有天壤之別。他媽媽用懇求的語氣說：「我求求你們把兒子還給我。明徽，你說句話嘛，你不要媽媽了嗎？只要你說，我們就聽你的。」

明徽不說話很久，終於開口了：「媽媽，起初是你不要我的。」

「孩子，你怎可能這樣說？當時你爸爸拋棄我，我手上什麼都沒有，我沒有選擇啊。我欠你表姨媽的生活費，是一定會歸還的。孩子，回來吧，我和你新的爸爸商量好了，我會把你送到塘廈的重點中學去的。我們現在的家比你表姨媽這裏大好幾倍，你回來吧。」

我看看她，也看着媽媽。表姨打扮得很時髦，媽媽卻只穿着日常的主婦衣服，頭髮斑白，非常憔悴。一種傷痛的感覺從我心底冒起。我走過去擁抱沉默的母親，怕明徽會選擇離開。沒想到，明徽也走了過來，從另一面緊緊地抱住我們媽媽，向他自己的媽媽堅定地搖頭。

他媽媽見狀，從手提包拿出一張支票來，遞給母親。她說：「這多過明徽的生活費好幾倍——我求你，把兒子還給我！」

這一刻，整個客廳充滿了張力。我恨不得哥哥快點趕回來，我們這邊快撐不住了。母親說：「這不是錢的問題，我何時向你要過錢呢？這是感情的問題啊。」

鑰匙聲響了，哥哥和大嫂真的及時回來了，但這問題又豈是人多勢眾就能解決的呢？此時，他媽媽向那兩個小弟弟說：

「快告訴他們，你們想哥哥回家一起玩。」誰料兩個孩子竟然沒照樣說，還使勁地搖頭，堅決不說。他們和母親想法不一樣，可能因為怕這個如此受重視的哥哥一回家，自己的地位就不保了。

氣氛很僵，明徽的媽媽焦急起來，竟說：「兒子是我的呢，難道要鬧上法庭嗎？我現在有錢，我不怕打官司！」

這時聰明的大嫂很溫柔地出手了，說：「表姨，別這樣。來，我們是不是要看看孩子自己的想法？」

媽媽一直皺着眉，大家都非常緊張。此時，沒有人注意到明徽已經走進了房間裏。幾分鐘後，他出來了，手上推着一個黑色的大箱子。我和哥哥對看了一眼，啊，他要走了。我心頭一酸，淚如泉湧，但為了不讓媽媽看見，我盡力眨着眼睛，要把淚水壓回去。

母親從椅子站起來，半舉起雙手，整個人震顫不停。哥哥和嫂嫂走過來扶着她，等待明徽宣布他殘酷的決定。

此時，明徽把箱子推到他媽媽那兒去，把它放平在地上，他穩定地拉開了拉鍊，打開箱子。這個保存多年依然新潔的旅行箱像一隻蚌那樣打開了，裏面一點東西都沒有。窗外投進來的一片夕陽，剛好落在箱子的內部，給人錯覺，好像光是從裏面發出來的。明徽説：「媽媽，這個箱子，你拿回家用吧。我的東西都已經拿出來了，我要一直住在這裏。」

此刻，母親終於「啊」的一聲説話了，她整個人鬆弛下來，倒在哥哥的懷中。這是一幅團聚的圖畫，也是一幅分離的圖畫。我走過去，走過去擁抱着明徽的媽媽，讓她伏在我肩頭抽泣了幾分鐘，才目送她推着黑色的旅行箱，帶着兩個活蹦亂跳的小兒子離開。一大兩小的背影看起來很淒涼；我知道，人間沒有故事是圓滿的；只希望我們都不再去加增誰的遺憾。明徽和媽媽緊緊擁抱着，哥哥和大嫂站在旁邊，也輕輕靠在一起，理性的大嫂也忍不住拿出紙巾來抹眼睛。我忽然覺得這個家其實仍是蠻熱鬧的。

我扶着媽媽走進她的房間，只見明徽把他平日整齊地收在行李箱裏的衣物和玩具，亂七八糟地全都撒落在媽媽的牀上。

6　舊約《聖經》〈申命記〉10 章 18 節

讓小孩子到我這裏來，不要禁止他們，因為在天國的，正是這樣的人。[7]

筆順

因為業主不斷加租，學校附近的那一家茶餐廳易手又易手，食物的水平逐次下降，本來是不錯的，如今僅可入口。「像本地學生的書法一樣瀑布式滑落，太不堪了。」這是教中文的陳老師說的。餐廳的老闆變得太快，反倒是客人沒怎麼變，街坊也還是那些。最厲害的是許多時連伙計都留下幾個舊的，對街坊和熟客來説，這大概是許多壞事裏的唯一好事。管他茶餐廳叫什麼新名字，他們還是用很久以前的那個名字呼喚它——均記。

讀中一的阿智既不知道自己的書法到底有多不堪，也不曉得此茶餐廳以前叫做均記，但師兄們如此呼喚，他們也就如此學着叫。剛開始可以自己上街吃飯，阿智不知有多開心，至於食物水平，阿智沒有「以前的味道」那種記憶，因此覺得沒什麼。總之可以吃完飯自己拿錢付賬的感覺就是好；身高還沒有一米五的阿智，因此總是一個人出去吃午飯。他的目標是窩蛋碎牛飯 —— 那滑滑的透明蛋白包着的每一顆碎牛肉，黏住一小團飯，從筷子的尖端輕輕冒煙，偶有一兩顆飯粒滑落掉回碟子上 —— 那將是上了整個上午悶課的最佳平衡。阿智是獨來獨往的小男孩，他自己也意識到這種行為有點反常，但對他來說，他的反常才是正常。他蓄了個小平頭，前面的頭髮長一點，頗有點天官賜福的味道。大家笑他，他就笑大家。同學們起牀後，聽說先要沖涼洗頭，然後吹髮蠟髮，用很多時間把那不長不短的頭髮弄來弄去，希望它看來自然點。阿智說，晚上沖了涼早上不知道為何還要重複，也不知道為何要先用髮膠把頭髮變得不自然去追求自然 look。而且，他知道所有的染髮劑、蠟髮膏甚至洗髮水，都是導致脱髮的原因。這些都是他每天不自覺地從網上大量吸收的常識。他絕不會為了「靚仔」一點而違逆健康的原則。換言之，比起好味道的東西，「靚」的東西還未開始吸引他。

可惜，今天的阿智午飯時只夠時間吃四顆咖哩魚蛋，原因正是給陳老師抓去教員室學寫了大半個小時的書法，因為他的字像均記的食物那樣，讓陳老師感到十分頭痛。其實老師自己的書法也不怎麼好，但他當老師的信心完全沒有減損，因為班上有阿智這樣以字寫得醜而聞名的學生。損失了一個人「歎」窩蛋碎牛飯的時間，今天的阿智放學要來吃個下午茶，否則腹如雷鳴，會被別人誤會自己在肚子內不停放屁，這必定帶來「天官賜福」以外的更多歧視。不知怎的，今天的均記特別擠，阿智找不到位子。他無奈跟着一個相熟的侍應姐姐走到一個卡位來，但對面已經坐了一個人，他要「搭檯」了。

侍應姐姐問那人：「先生，您介意和這位小弟弟一起坐嗎？」對面那位大叔很不好意思地搖搖頭又點點頭，搖頭表示他不介意，點頭表示他願意對方坐下。難得侍應姐姐明白這種既奇怪又矛盾的身體語言。大叔知道自己已經霸佔着這張桌子太久了。姐姐見他同意，馬上放下一杯水，這等於說阿智的位置已經確定了。

大叔明顯已經吃過東西了，他向侍應姐姐說：「唔該，多來一杯鴛鴦。」

阿智說：「餐蛋一丁，阿華田，唔該姐姐。」

點了東西之後，阿智有機會細細觀察這位靦腆的大叔。他抬頭看了阿智一眼，又低頭操作。他的頭髮油油的，鬍子未曾刮淨，人比較瘦，還帶着一陣菸味，架着老花眼鏡——把眼睛略微顯大的多數是老花鏡——這也是阿智的常識。因為大叔的皮膚比較黑，阿智分不出他到底是四十幾歲、五十幾歲還是六十幾歲。但這不重要，重要的是大叔在寫字——嘩，寫得極快，原子筆沿着原稿紙綠色的線條流動，阿智知道，此乃行書，但這行書清晰能讀——可謂筆走龍蛇，有點「出格」卻又大致安分守己，大叔的筆跳舞似的，很快就完成了一行，速度真是驚人，但更驚人的是無論他的筆嘴滑行的速度有多高，那些字都沒有散掉。

阿智不自覺地輕輕説了聲「厲害啊」，就拿起水杯飲水。

大叔很不自然地一笑：「厲害麼？我可以寫得更快。」

阿智忍不住伸出他的小手指摸摸大叔的原子筆。那和他自己用的不正是同一個牌子嗎？為什麼大叔的字寫得那麼順滑有力？他説：「老師説我的中文字寫得很難看，看了你的字，我也認同他的説法。」

大叔説：「多寫不就好了？你不是每天要做功課的嗎？」

阿智回答：「要真正寫字的作業其實不太多，現在很多作業用電腦交功課，我輸入的速度不慢呢。」

「輸入，這正是我最頭痛的地方。我也會用電腦打字，但慢得要命。你平日沒有寫大字的嗎？」

「什麼叫做寫大字？」

大叔瞪大了眼睛咳嗽起來：「什麼？你連大字都沒寫過？就是印着字帖用墨筆來寫，或臨摹啊。」

阿智的眼睛明亮了：「有啊！試過一次啊！那天書法學會招收會員，我去玩過呢，不過我沒入會。聽説他們若找不夠會員，就會給學校『殺會』。」

大叔皺起眉頭問：「平日不寫字的麼？」

阿智搖頭，大叔的眼睛瞪得更大了。「即使功課裏沒有了寫大字，你平日總會畫個便條，寫封信吧？信封上，地址也得用手寫，是不是？」

阿智又搖頭：「我活到這麼大，一封信都沒寫過。不，寫過一次，是作業啦，用電腦寫、電郵交的。……我們今年開始要用原子筆寫字了，寫壞了不能刷掉，困難多了。老師説明不得用改錯帶或改錯水。」

「你們老師的字寫得好嗎？」

「不知道啊，老師用簡報教學的，很少在白板上寫字。」

大叔歎了口氣，看看自己的原子筆，用手指尖轉動了幾下。對於中學會考以還就不斷轉動原子筆的大叔來說，這只是雕蟲小技，但對阿智來說，卻是神乎其技。「嘩！」阿智讚歎起來，「可以教我嗎？」

「教什麼？轉筆？可以，每天給我寫二百個中文『靚』字，我就教你。」

阿智聽了，心想，反正給陳老師整治，在這裏學幾道功夫，回去讓他驚歎一下也好。問道：怎麼寫？我可以開始了！

大叔抬頭瞇眼看着他，他很懷疑這小東西的誠意。於是他說：「好，讓我來告訴你。我本來以為我是世界上最後一代用原稿紙寫字的人了，但今天起，你要像我一樣，什麼都用原稿紙來寫。」

阿智急道：「我寫！我寫！每天放學都來，大叔你長駐此地嗎？」

大叔疑惑地看着他 —— 這小子知道些什麼呢？對於長駐此地寫稿的習慣，大叔是有點內疚的，但若不到此「打墩」，他是寫不出稿子來的。他從自己的那疊原稿紙取出一張給他，又從褲袋抽出報紙，折成十六開，遞上給他。阿智不明所以，眼睛骨碌碌地看着大叔。

「二百個字，不過半張原稿紙（不用寫標點符號）。報紙放下面做紙墊，上面放原稿紙，這樣筆劃就有力了。現在開始啦……會背什麼唐詩宋詞不會？」

「我會背那個『白日依山盡』。」

「好，就寫白日依山盡，不用寫題目之類的東西。拿你的筆給我看。」

阿智開心地掏出他的原子筆來 —— 哈哈，他很自豪地說：跟你的一模一樣呢。

大叔接過他的筆，在報紙上轉着一彎。「你這個有點漏油，不過，抹着筆嘴寫還是可以的。」想了一會，他說：「交換吧，你拿我這個，這個我用順了。」

阿智於是開始了。他先寫了個「白」字，大叔一看，眉頭更皺了。阿智先寫了一條四十五度角的斜線（不是一撇），然後向右開始一筆過寫了個方形，方形的底部那一筆是從右向左，再從底向上的。

大叔想了一秒鐘，說：「你這不是寫字，這樣你寫的字會愈寫愈醜，更愈來愈慢，將來即使用功讀書，也會因為字寫得太可怕，公開試考不好，那麼就麻煩了。信不信由你，你先要學筆順。」

阿智很緊張：「為什麼？什麼是筆順？」

大叔也不客氣了，用手示意阿智往窗口那邊挪，自己過來坐在他身邊，道：「筆順者，為下一步做準備的寫字方法。你要常常記得，寫完一筆，還有下一筆。寫完一筆的時候，筆尖剛好已經落在下一筆的起點或離起點最近的地方，此為之『順』。同樣道理，寫完了一個字，這支筆的筆尖，就該準備出發，往下一個字的第一筆那兒去。這就是筆順的原則。」他說着，就很慢很慢地示範，把「白」字再寫了一次：撇完了，一豎到底。筆回到撇尖，開始一畫連一豎，然後利用那個似有若無的剔的走勢，落筆於第一豎的中間，最後連寫兩畫，一個白字就漂亮地完成了。比起阿智那個，它真是漂亮太多了。大叔説：「這就是筆順。筆順是千百年來書法家和愛寫字的人研究出來把字寫得最有效率、最好看的方法。筆順是舞蹈，你那種寫法則是賊人在偷竊後逃跑 —— 更因為不知道逃跑的路徑而亂碰亂撞。」

阿智呵呵笑起來，恍然大悟，表示明白，搶回原子筆就試，卻有點眼高手低。結果，他寫了幾十個「白」字，才開始寫「日」字。可惜，天空變色了，白日果然依山而盡，他必須回家向媽媽報到了。大叔説：「那麼，我們後會有期了。」阿智把稿紙拿起想帶走，大叔一手按住他，把他的稿紙留下了。阿智説：「我不能帶回家練習嗎？」大叔道：「不可，放我這裏，我要讓你保持興趣。」於是阿智付錢離開了。他當下是這樣想的：「我真幸運，竟然遇見高人。」

第二天，阿智刻意只在午餐時吃了個小小的包子，他放學後要到茶餐廳去找大叔。如果每天都先吃午飯，他的零用錢不夠呢。四點左右，阿智終於找到大叔了。兩人甫見面，大叔就問：「寫字何以要講究筆順？」阿智很快樂地回答：「因為要預備好寫下一筆。」

大叔點頭，很開心地拿出報紙和一張新的原稿紙給阿智，口裏説：「孺子可教：筆順者，筆調字順，琴瑟和諧，國泰民安……把字寫好，是為了更順利地寫好下一個字 —— 因而字要有行氣。」

阿智覺得他説的都太深了，也沒去問。今天，他開始寫的是「依」字。大叔又坐到他這邊來，告訴他人字旁的寫法：那一豎，不能寫在撇頂，那樣的豎不能給人穩重的感覺，也不能寫在撇尖，那會讓人覺得這個字駝背。寫「衣」字的時候，捺不能太低，否則會欠缺平衡之美……阿智很用心地學，不知不覺又寫了大半張原稿紙。這一天，大叔叫停了。他咳嗽得厲害，精力也不大好。

第三天，阿智要參加童軍活動，沒來，他也沒法通知大叔。不過，第四天他解釋了，那天他寫了一整張原稿紙。到了第五天，他學了一個新的概念，叫做「間架」。他寫「盡」字的時候，大叔要求他的筆劃間距要平均，筆劃本身要平行 —— 嘩嘩，好難呀 —— 阿智叫起來。原來寫字寫得好的人，要經過這樣的自覺和實踐，真不簡單啊。

就這樣，阿智和大叔在連彼此名字都不知道的情況下寫了大半年的字。阿智的字漂亮多了，也學會了最基本的「轉筆」功夫。這一天，老師把他上學期的第一份作業和近期的作業拿來比較，讓同學們也來感受他在書法上的進步。阿智老實地向大家說：他跟師傅學書法了。老師問：你的師傅叫什麼名字？阿智說不知道，大家聽了很是驚奇。阿智想，是時候去問問大叔了。

那天到了茶餐廳，大叔沒出現。阿智也沒怎麼意外，因為這段日子大叔少來了。不過到了第四天，阿智就忍不住了，他去問茶餐廳的侍應姐姐。她說，他不舒服。什麼不舒服？本來不是好好的嗎？侍應姐姐說：「什麼嘛！你來這裏之前他已經病了兩年多了。你和他這麼熟，難道你不知道的嗎？你不是他的孫子、侄兒什麼嗎？大家都這樣猜啊。但我們都知道他有肺癌，這些年治療癌症的藥好多了，他才熬過了這好大的一段日子。」阿智聽後，惘然不知所措，只又問：「如果他沒說，你們為什麼會知道的？」姐姐一面收拾碗碟一面回答：「他在專欄裏說的啦，聽說他寫幾個報刊的專欄呢。名字？他用很多筆名的，我們又不是讀書人，怎麼會知道啊？我也是聽別的茶客說的。」

阿智很惆悵，他決定先不放棄，因此自己去買了些原稿紙，每天還是到茶餐廳去寫字。如今他寫的是「千山鳥飛絕，萬徑人蹤滅。孤舟蓑笠翁，獨釣寒江雪」。他早已學會了如何分辨撇捺的尖尾巴，如何因遷就右手書寫而刻意去「取斜勢」，學懂了何謂疏密有致、小大得宜，也大致知道了怎樣佈置一個字。他已經不怕寫字了，但是，連師傅的姓名都未請教，這不是太過分了嗎？他看着窗外的雨點，手上的原子筆緩緩地轉動起來。

一周年了，大叔始終沒出現。終於放棄等待（但沒放棄練字）的阿智經常回到這個卡位來。自從他記述此事的作文給老師朗讀出來之後，同學們都很努力地到處給他尋找他的師傅。雖然茶餐廳的人説他可能已經離開了世界，但大家還是不放棄。一天，陳老師在開始上課前走到阿智身旁來。他説，有人將一本書寄到學校來給中文科的主任，還附上了一張便條（字不錯，但沒有大叔的漂亮），説明這是寄書人的亡父 —— 也即是大叔自己 —— 寫的書，要送給一個用原稿紙練習書法的男孩子的。其時，長高了二十公分的阿智已經升上了中二，髮型改變了，樣子漸漸由可愛變成了俊俏。

書叫做《均記卡位》，是一本散文集。阿智打開目錄來看，裏面有好幾篇是寫他來練字的情況的。阿智一一細讀着。這一段使他很傷感，也讓他豁然開朗：

「……失去了兩段婚姻，連兒女都隨着每一次的分手搬走了，人生再沒有往日的歡喜和快樂。我不怪誰，誰叫我是個浪子；整天的菸酒，夜夜的新情人，哪個妻子可以忍受呢！我承認，我人生的筆順亂七八糟，每一筆都落在錯誤的地方。但這個小孩子如此純真，又如此用心，在一個落後得嚇壞人的起步點上學習人人都認為已經過時的東西，竟然還學得那麼津津有味。他是個天使，給我帶來了最重要的信息。每天看着他的眼睫毛幾乎貼到稿紙上，我就想起兒女小時候的樣子。因着他，我終於不得不承認上帝是個堅持美善、樂於施恩的上帝。這是何等奇妙的救贖。還記得他寫的第一個字，是個『白』字。如今，我感覺到上帝也在撥開我的許多污穢，教導我寫這個『白』字……」

原來書的作者叫做江寧，老師說他是個頗有名望的作家。阿智站在學校的大蘋果樹下讀他的充滿悔意的文字，不免傷感，他一面看，一面連鼻涕都流了出來，使他卻無端端想起了窩蛋碎牛飯上面未熟的蛋白。大叔走了，但生命裏仍有許多美好的、美味的東西。忽然有人遞來一塊紙巾，那是陳老師。陳老師說：「阿智，你看，這位師兄來找你。」

「你好。」

「師兄你好。」

「陳老師介紹我來找你的，你願意參加書法學會，做我們的會員嗎？學會今年在校外請書法老師來教我們寫字，陳老師說你也許會有興趣。」

阿智用力地點了點頭，趕忙抹乾涕淚；不過不知是幸是不幸，那些涕淚已經沾到書的封面上去了。阿智想：以後自己學寫毛筆字，會在身上留下多少筆墨的痕迹呢？不理了，總之，不能讓書法學會給「殺會」，阿智已經決定，他會帶十幾個同學來參加。

7 新約《聖經》〈馬太福音〉19 章 14 節

愛裏沒有懼怕；愛既完全，就把懼怕除去。[8]

劏房女孩

意敏十八歲了，第一次擁有雙層牀的上層，大哀傷中竟然仍有點小興奮。但她為這種興奮而自責，想起已逝的父親，她抱住枕頭無聲地哭起來。

從小到大，意敏都擁有一個獨立的大房間，一張四英呎的牀，和心愛的粉綠色牀單。她到過幾個同學的家，她們都得睡雙層牀。有些幾姐妹分享一個屋子，有些和菲傭同住，部分人的牀是放在廳裏的，下格鋪子白天當做椅子用。一次看見翠西一人獨享的「高」牀時，意敏竟然羨慕得不得了。翠西和她一樣，獨自住一個房間，但那個房間比意敏的小許多，因此牀要升高，下面是書桌和一個窄窄的衣櫃。意敏很歡喜那個格局，暗暗覺得自己的房間過大而老套：一牀一桌一個大衣櫥，毫無新意。意敏最愛的是上層牀的那把木梯子和牀的欄杆 —— 如今，一如她所願，上層牀確實連住一道木梯子，還真的有三十公分高的欄杆，不過牀的闊度只有兩呎半 —— 因為家裏破產了。

這是一張有十幾年歲月的舊牀，媽媽的一個「朋友」以五百元讓出來給他們的，其實那「朋友」根本就要換張新的牀，但又不想自己把牀搬到垃圾站，就假意用很便宜的價錢賣給媽媽。連一個喪夫破產的友人的需要都不顧，還要收錢，意敏看在眼裏就生氣。意敏從未經歷過這樣難受的一個夏天。從小，她和她的雙生哥哥意堅都跟着爸爸媽媽在外地度暑假。瑞士、澳紐、日本，甚至中南美洲都充滿了她的夏日回憶。那時爸爸有錢，有房子，有兩部車子，一部是給媽媽專用的，媽媽不會駕車，但有司機照顧。從來不用工作的媽媽總是打扮得整整齊齊的，她很忙碌，一天到晚出去學打中國結，學插花，學做純銀小飾物，一種高雅的氣質漸漸在她身上形成。雖然意敏暗暗覺得媽媽還是比身邊那些阿姨樸素得多，她一點自卑感都沒有。今年暑假開始不久，爸爸一天回來時臉色蒼白，坐在沙發上久久不能說話，他把兩腳放在冰涼的地上，也不套上拖鞋。意敏覺得那太不尋常，就去給他把拖鞋取來。爸爸很緩慢地把腳伸進去，竟然哽咽起來，說他破產了，房子很快就要給銀行沒收。意敏和意堅聽了，面面相覷，起初不懂得反應，其實是反應不來，只聽見哐啷一響，媽媽在他們後面站着，一碟菜直直地摔在地板上，傭人在她後面還拿着另一碟。他們都沒作聲。爸爸在想着什麼，媽媽和傭人都各自在想着什麼，整個家庭好像給黏住在一張畫上，人人掙扎着要離開那個黏力強大、叫人動彈不得的世界，但好像從此再也出不來了。

及後的一個月，事情變得很快很快——父親因醉駕造成交通意外，在車禍現場就斷了氣。他住在美國的兩個親弟弟——就是意堅和意敏的叔叔——一個都沒回來，只每人寄來了一千元美金，說是給媽媽應急用的。媽媽到處找朋友幫忙，只找到一個專門購買唐樓將之劏成大小不一的房間出租的中年太太。她用九折的租金把屋子租給他們三人。一百多平方英呎，那個化妝化得像膠彩畫的阿姨說，房裏有獨立洗手間，可以用電飯鍋和電爐做飯，是很理想的了。

然後，兄妹倆的DSE成績出來了，兩人都考進了大學。意堅考進最好的大學的理學院，意敏考進了另一大學的文學院。雙喜臨門，卻成了莫大的諷刺。他們必須帶着巨大的悲痛開始新的一頁。母親看着結果，一言不發，竟走進廁所洗碗。碗幾次滑落，幸虧都落在水盆裏，沒打破，也沒割傷手。母親終於停下來，把手抹乾，走出來看着意堅說：連吃飯都成問題，哪兒來的錢供你們一同讀大學？

兩個菲傭姐姐是流着淚回鄉去了的，她們走的時候擁抱着意堅和意敏好久。兄妹倆都是她們親手帶大的。現在，家務都落在媽媽和哥哥身上。其實，對於做家務，他們倆都是新手。但不知何故，母子倆好像有了共識，不用意敏動手，讓她留在自己的世界裏，留在上層牀那個特別光亮的地方。這個小房間很擠，因為大家的東西都堆在這裏了，在裏面行動像在一個小型的迷宮裏爬。意敏的物件特別多，意堅的相對較少。值錢的都給媽媽當掉、賣掉了，她只保留了小部分爸爸的個人舊物，一個一個紙箱那樣堆疊在牀尾，如同往事。媽媽常坐在下層牀發呆。

意敏爬到上層牀的時候，人位置高了，視野有點兒改變，她開始努力藉此培養事不關己的錯覺。她告訴自己，只要爬到上面去，就能抱頭大睡。她用半呎高的欄杆把自己圍堵起來。有時她會想，這十八年只是個近乎幻想的美夢，她要把它忘記；有時她又會認為眼前的一切才是夢，是個噩夢。有一天她會醒來，醒在爸爸那正在高速公路上行走的平治房車裏。

晚上，媽媽睡下層，但她似乎一直在翻動。意堅拿個薄薄的能折疊的牀褥睡在地上。不知何故，這種擁擠的狀態叫意敏覺得特別鬱結。和哥哥睡在同一房間，使她感到壓抑。意敏對意堅說，既然兩人都已經考進了大學，她一開學就會住進宿舍，那麼家裏就不會這樣擠了。意堅沒作聲，他一直都在想着什麼。同年同月同日生的意堅，眼神比意敏長十歲。

母親很堅強，她一面抹淚一面給兩個孩子做飯。飯的水蒸氣把房間弄得濕濕的，意敏說：「媽咪，我們出去吃吧。」母親不作聲，繼續把一小塊魚腩及早放進飯鍋裏蒸。意堅看見就去小廁所洗淨了幾個碗，放在地上那一張已經鋪開的報紙中間，他們連一張桌子都沒有。

吃飯的時候，意堅說：「媽，我決定了，讓意敏先讀大學，依我們的情況，她可以拿到貸款和助學金。至於我，我已經找到工作了。」媽媽抬頭看着他，默默的、細細地點頭。意敏說：「什麼工作？」意堅答：「做洗碗工人，就在附近，走路上班，不用交通費，包伙食。」意敏大叫起來：「那麼，哥你不上大學了嗎？」意堅說：「不會不上，我和你先後上。我的成績還好，兩年後依舊可以用來上大學。你如今有大學錄取，比較難得，你要珍惜。」

意敏聽了，很是惱怒。她知道自己的成績比不上意堅，才剛剛夠上大學，意堅則有兩科五星星和兩科五星，大學一定錄取他。他這是看不起她嗎？她翹翹嘴角，說：「那是你說的，一言為定。」意堅道：「但我們沒有錢給你住宿舍。」意敏警覺起來——這可是不行的啊。她站起來：「錢錢錢，你們什麼時候變得就只知道錢？讀大學不做宿生，讀來幹什麼？」說了這話，意敏呆住了。她無法理解自己為何會變得這樣野蠻，但話已經說了。她像小貓給人追捕，奔跑到一個垃圾堆裏藏起來，渾身都臭了。這是她的一聲怒吼，內容卻是隨機的。

意堅不作聲，憐惜地看着妹妹，意敏卻不敢看他。媽媽說：「意敏，哥哥的工作只能賺一萬幾千，媽媽快五十歲了，是否能找到工作也不知道，哪裏拿得出錢給你住宿舍？你要懂事一點。」意敏道：「說不定我的 grant and loan 夠用呢？我肯住在這個鬼地方，還不夠懂事嗎？媽媽你總偏幫着哥哥。」母親聽了，忍不住舉起手來，要打意敏的臉，意堅用力捉住媽媽的手不放。意敏含着淚水爬回上層牀去，意堅安靜地出門了。意敏恨媽媽，恨這一切改變，更恨自己。

開學了，意敏因為住得太近大學，根本就沒有得到宿位，但她恨恨的將此結果「撥歸」媽媽和哥哥的阻撓。未幾，只有中學學歷的媽媽去了做鐘點家傭，賺到的少許錢都用來買吃的了，意堅每月只給意敏二千五百元零用錢。意敏覺得哥哥是在侮辱她，自己出去替小孩子補習，掙得點滴，也沒告訴家人。她有一種給哥哥和媽媽割捨在外的孤單，進大學以來，成績一直不好，也沒有快樂過——直到鎧文出現。

鎧文本來是讀理科的，但英文和中文成績都極好，就報考了文學院，準備翌年主修翻譯。他高高瘦瘦的像個典型的書生，眼睛無故地總帶着一點憂傷。不過他一開口就給人很成熟的感覺，聲音明亮、低沉、柔和，他説話時人人都自動安靜下來聆聽。他在哪兒，同學們就聚集在一起。這一點，他有點像意堅。十八年來，意敏一直知道，世界上最好的男孩子就是意堅。但如今，比他更強的出現了。

她喜歡上鎧文，不期然地親近他。但她又覺得配不上他，因為她這幾個月來很驚訝地發現自己的自私和自衞。她把家庭的擔子毫不客氣地放在意堅的肩頭上，心裏其實很自責。不過鎧文似乎並不抗拒她 —— 但他本來就是所有人的好朋友，從來不抗拒任何人。家裏慘遭變故才幾個月，愛情似乎來得太早。意敏無法適應狹窄的劏房，更難以對付這個小房間所帶來的不堪。鎧文不可能喜歡一個住在劏房裏的、心靈貧窮的女孩。

意敏在大學的洋名叫做敏妮，洋名是掩蓋身分的最佳工具之一。在大學裏，似乎沒有人知道她叫做方意敏。不過，她注意到鎧文叫做莫家文。因此，她很氣餒。這表示她在意鎧文多於鎧文在意她。在她自認為不甚光彩的身世上，鎧文的中文名字像一個龐大的燈箱一樣壓下來。他在發光，她卻有太多可恥的秘密，對她來説，他因而變得沉重。

一天，她和幾個同學及鎧文一道吃午餐。她錢不夠，只能買了一個三文治，連飲品都沒買。同學之間，同樣通行英文名字，但當中有一個女孩子只用中文名，她名字叫做莫芝蘭。人人都芝蘭芝蘭地叫喚她，而她也很歡喜。

言談間，意敏說：「芝蘭，多難記呀，不如起個洋名？Celine 如何？」意敏覺得這再適合不過了，正洋洋得意，也有人說：「對呀，Celine 和芝蘭頗為相襯。」

芝蘭正想回應，鎧文忽然說：「芝蘭這名字好，《孔子家語》說：『芝蘭生於深林，不以無人而不芳。』何必起外文名字？」

芝蘭說：「鎧文你真棒，我父親為我起這個名字，就是用這個典故的。你好有學問啊。」

意敏聽了，先而自慚形穢，繼而妒火中燒，淚水幾乎湧出，她大叫道：「哈，中文名字那麼好，莫家文你為何要叫做鎧文？」

鎧文笑道：「那是自然形成的嘛，老師這樣叫，大家都這樣叫。況且，我沒有芝蘭這麼美好的名字。其實，我最好的朋友都叫我做家文。」

意敏卻不能接受這樣輕率的解釋，原來他心裏已經有了芝蘭了。她極度低沉，拿起東西就走，一面吃着剩下在手裏的三文治，一面毫無道理地對自己怒不可遏。她瞪視着路面，口很渴很乾，但沒有飲品，喉頭繃緊。這時，鎧文快步追了上來，大概扔下了所有同學，目的是要遞給她一瓶清水。她無緣無故地記起小時候讀過的一段聖經。那是說，牧羊人如果走失了一頭羊，他會放下其他所有的羊來尋找牠。此時的鎧文沒說什麼，但似乎很明白她的感覺，而且已經原諒了這種刁蠻。他沉默地陪着她走。他開始接過她的外套、她的書包，把它背在背上，讓她垂着頭專心把三文治吃完，然後輕輕拉住她尚未清潔的手。他的手又大又暖，那種暖，好像能一直延伸到她心裏，把某些東西點滴地化開、消解。這些日子，爸爸走了，媽媽、哥哥和自己疏遠了，她感到很寂寞，更悲哀的是她很清楚自己的自私自利和不講道理，她找不到任何向親人交代或原諒自己的理由。如今鎧文竟然來拉住自己的手……但這狀態會維持多久？他了解自己之後，還會繼續這段感情嗎？在自我厭惡的情緒之上，意敏的心裏如今又多了一重失去鎧文的恐懼。她把手抽回來，拿出一條濕紙巾細細地清潔，可惜那陣三文治的味道卻好像久久不去；但在她的世界裏，最穩固的東西都會失去，就好像爸爸、媽媽、哥哥和原來那個美麗的家，都在一夜之間消失。鎧文，如今主動向她示愛的鎧文，難道就能例外嗎？

忽然，鎧文開口了：「方意敏，請相信我，我明白你在想什麼。」

他竟然知道自己的全名，真不可思議！—— 意敏迴避着他的目光，驚喜而害怕。他很巧妙地讓她感到對等了。此刻，她忽然覺得自己這大半年來的所作所為，非常地黑暗，她幾乎不能面對自己了 —— 在鎧文面前，她這樣的任性女孩可以如何自處？這段甜美的愛情一開始就帶來了巨大的壓力。他們其實是不相襯的。她喜歡鎧文，卻不能夠讓鎧文對她有更深的認識，這是何等巨大的痛苦啊。她的頭垂得更低了。她對鎧文充滿了佔有欲，卻又不敢前行一步，心情之複雜真是難以言說。

兩個星期過去了，意敏的卻步不前把鎧文推到幾公尺以外。他觀察着她，保持着一點點距離，其他同學也不敢走得太近。這天課後，鎧文輕輕走過來說要請意敏到一處吃東西。意敏本想推辭，他卻在許多同學面前一把拉住她的手，其力度之大，說明他很堅定。大家報以恭賀的喝彩和取笑的尖叫，意敏嚇得不敢回頭看，鎧文卻和大家揮手說再會。他強行保護了她，用力地愛護着她，而她終於感覺到了。

那是一家在意敏家附近的中型茶餐廳，不十分大，但頗為整潔。兩人坐下，意敏很謹慎地點了便宜的東西吃 —— 這是她的午餐。鎧文沒有阻止她，只跟着點最相宜的食物。這也是他的午餐，為了等她，他中午連飯都未吃。在舒適的而且類似私人空間的卡位裏，意敏的心才總算漸漸安定下來。鎧文直直地看着她，而她也開始勇敢地看了他一眼，她想把手抽回來，卻一點都抽不動。

食物到來之前的短短一段時間，意敏問鎧文：「為什麼到這裏來吃？這離開大學很遠呢。」鎧文回答：「但離你的家很近。」意敏驚覺起來——他知道我住在深水埗？她很是緊張。其實她從來沒告訴過鎧文她住在哪裏。她正想開口問，廚房的出口忽然出現了一個高大的身影，他逐漸走近，走到他們身邊，然後就在鎧文旁邊安靜地坐了下來。兩個男孩使那個位子顯得特別小。

「哥哥？」

「嗯。」

「你們認識的？」

兩人一起點頭。鎧文說：「你哥哥還在上班，不能久留。」意堅說：「意敏，在中學，我們是同班同學。」

意堅穿着的是餐廳的制服，一身都是水印、污漬。他很疲倦，眼睛往下垂，但看來很友善，一點沒有意敏想像中對自己的惱恨。稍微推算，意敏開始明白，鎧文早就知道了自己的所作所為。他這樣做，明顯是要意敏面對眼前和內心的暗處，並且説明他沒有因此嫌棄她。

意堅只坐了幾分鐘，就站起來説：「家文，你們慢慢談，我還有工夫要做。」

意敏呆在那裏，什麼話都説不出來。但繼來那個晚上，她和鎧文説了很多話。她如釋重負，好像整個人生的沉重都突然卸下了。鎧文的回應很簡單，每隔一段時間，他就説：「我早就知道了。」

那天深夜意敏回家時，房間已經熄了燈。意堅像小時候那樣，走過來擁了她一下。兩人走到正在打鼾的媽媽睡覺的牀邊，站了一會。意堅説：「家文的好，遠超乎你的想像。敏，在你知道之前，他早就原諒了你了。」

意敏呆在那裏，感到那個狹小的劏房忽然變得很大。她爬上那張牀的上層之時，回過頭來看着意堅。「哥哥，」她說：「謝謝你讓我遇上他。」

8　新約《聖經》〈約翰一書〉4 章 18 節

我的恩典夠你用的，因為我的能力是在人的軟弱上顯得完全。[9]

多活一星期

常歸道牧師輕輕套上清潔的保護衣，裏面的衣服走過了很多路，從天水圍的孤獨老人那兒一直來到半山的私家醫院，如今給遮蓋住了，裏面的汗水、狐臭、褲袋裏用過的紙巾都沒有人理會了。他洗過手，戴上了紙造的帽子。走進隔離病房已經不知多少次了，只見阿桃一天比一天瘦、一天比一天疲弱。愛滋病的恐怖就在於這種緩慢的消逝，而死因往往是其他器官的衰竭，就好像糖尿病人給車子撞倒喪命，死因是交通意外那樣。常牧師每星期一（那是牧師放假的日子）都來看他，已經差不多半年了。阿桃覺得牧師之所以來，就是要不停提醒他他患的是什麼病、讓他記得自己真正的死因不是交通意外，而是情慾。

時間差不多了，阿桃數算着一分一秒，他等着他。他故意拿起一本會令牧師搖頭歎息的書，躺在牀上在看，手勢充滿挑戰性。他講過，牧師來看望愛滋病病人，是一種宗教逼迫。但他能做什麼呢？反過來代表病友抗議嗎？說真心話，他痛恨、同時也期待着星期一，因為只有這天他可以和牧師鬥鬥嘴，好排解寂寞。他不知道，這也是他潛意識裏發放求救信號的意志。

常牧師和阿桃看起來都相當瘦。常牧師的瘦是忙出來的，眼睛周圍有黑色大圈，深刻的疲倦落在他的內眼角上，那兒的微絲血管像三角洲的河道，清晰可見。他薄薄的、偏紫的嘴唇每一次的開合都很謹慎，好像從未放鬆過。有些人同他這等年紀，看起來卻比他年輕十歲。阿桃的面貌更令人憐惜，他的臉白得像反光的打印紙，鋪着一層透明藍，看來像個幽靈。不同的器官一直輪流倒戈攻擊他。但是，他仍非常喜歡說話，他能喘着氣流利地說很多很多的話，幾乎每次都能用話語把常牧師的信息淹沒。

但這一次，慣常沉默的常牧師一坐下，就先開口說：「偉濤（這是阿桃的出生證明書上的名字），你今天覺得怎麼樣？可有想過再也見不到我了？」

阿桃大驚：「為何這樣說？牧師，我相信自己還可以多活一段日子啊。你真是不近人情，做牧師也不用這麼直接嘛。」

「阿桃，我不是不近人情。我說你可能看不見我，指的是今天我幾乎喪命了。我剛才一面沉思一面走路，沒留意自己已經站到馬路上 —— 我衝紅燈了。就在那一刻，我踩了一塊西瓜皮，整個人滑倒在地，說時遲，那時快，一輛大貨車同時從我腳底那邊呼嘯而去。」

阿桃聽了深深震動，他瘦得起角的臉上露出了恐懼的表情。他在想：「原來人這麼脆弱，而且健康的人和我此等『病君』一樣脆弱。如果常牧師比我先死，我每個星期一還可以期待什麼呢？」此刻，他忽然明白自己仍是個有所期待的人。

常牧師看着他陰晴變化的臉，心想：該是時候給他好好傳福音了，原來自己也是可以隨時從世界消失的 —— 他一焦急，就開始喘氣，全身熱起來，熱得他極想脱掉保護衣，但他遲疑着停住了。保護衣不能脱去，否則很可能會感染阿桃 —— 但這又有何分別？阿桃還不是正在等待一次致命的感染嗎？這致命一擊，為何不可以由牧師帶來？但假如此人仍不肯認罪悔改、尚未得救就給牧師間接殺死了的話，就太可怕了。常牧師想着，正在冒汗的他竟打了個寒戰。

「因為摔了一跤，我想了很多很多。比如說，我們都是可以隨時死去的。在死之前，我是否已經把該做的事做完，把自己預備好交給上帝，和世界撇撇脱脱地告別 —— 這很重要。」他說話時，汗水在帽子內沿着額角滑下，落入口罩裏邊。

阿桃皺起眉頭盯着他，老天爺，這不是衝着我說的嗎？但他又覺得牧師說的沒有什麼不對，就隨便問：「何謂預備好？」

常牧師定睛看着他，說：「就是再沒有尚未清還的債務，沒有拖泥帶水的感情，沒有該去原諒的未去原諒，也沒有該得的饒恕尚未能得到 —— 不過，要求自己把這一切完全做好，其實也是一種驕傲；只是，真能做到的人是多麼有福啊。」

阿桃笑了，一聽就是八十年代讀小學的人的說法。常牧師應該還不到四十歲，為何如此「老餅」？豈料常牧師今天更特別長氣：「例如你欠了誰的『對不起』沒說，那就足以讓你帶着遺憾離去。我先談談我自己吧，我一會兒就會趕緊去跟我爸爸說『對不起』。我太忙了，好久才去看他一次，我有時整個月都沒去看他。」阿桃聽了，心裏稍微有點感動。常牧師每星期都來看自己，風雨不改，代價難道就是他和老父的見面時間嗎？自己又如何對待媽媽呢？住院之前，他已決定不再和母親聯絡。他告訴自己，他那兩個「正常」的、有家庭的哥哥「應該」能把媽媽照顧好。他安慰牧師說：「你大姐的印傭照顧老人家比你更專業啦。」

常牧師輕聲但穩定地說：「但老人家心裏想着的是什麼呢？不是三餐一宿的各種細節，是兒女，所以我該常常去看他。」

阿桃搖搖頭說：「我媽大概也想看看我，但我現在的樣子，唉。」

「她看見你確實會很心痛，但比起不見面，她大概寧願心痛，也希望天天陪着你。」

「算了吧！我也快死了。」阿桃說，「這以後，她會把事情丟淡的。」

「父母是永遠不會把兒女忘記的。在你有記憶之前，她已經像看待心肝寶貝那樣把你抱在懷中，給你餵奶，為你換尿布，逗你說話。那時的你一定很健康……你得明白，即使有了兩個哥哥，你還是無法取代的。假如她無法看着你走最後一程，她會抱恨終身。就像今天，我趴倒在馬路上的時候，就只意識到自己很想再一次看見父親。假如我忽然離開了，他會何等傷心！那往後的日子就更難過了。如今他過得好，就是因為盼着我有空時去看望他，這種短程的、重複的盼望，使他有動力活着。」

「你別說了。你不是想游說我把媽媽找來這裏吧？她看見我會給嚇死的，雖然她該早就猜到我得病了。我大哥在電話裏用粗口罵我，說不許我見媽媽，怕她會染上我的病，然後傳染給他的妻兒。—— 我大哥的年紀應該和你差不多，牧師。」阿桃說的時候，喉嚨像給什麼卡住了。驕傲的阿桃原來也有他的「軟點」。

「你很介意大哥的看法，對嗎？但你大哥好像缺乏這方面的常識。」

「牧師，他不是缺乏常識，這是不理性的恐懼。就像我，為何染上這樣的病？我當初也並不是沒有常識，而是因為一刻的不智 —— 情慾帶來的任性。」

「但做錯了事，最好能即時回頭，阿桃，最重要的是不要在繼來的每一步都走錯。你知道嗎？我媽媽早就死了，從這方面說，我沒有你幸福。」

「幸福？牧師，你說笑罷了。像我這樣的人，沒有媽媽該會好一點。」

「我沒有說笑，讓我告訴你：我母親以前做鐘點家傭，回家後還要繼續做家務，天天都很疲勞。一天她從廚房走出來，伸手按住飯桌，對我說她很累，然後就坐在一把椅子上休息。瞬間，她就過世了。當時我父親就坐在旁邊看報紙，一點都沒察覺，直到她定住幾乎十分鐘。我媽媽心臟病發了，我們誰都來不及說再見。後來我父親抱着她暖和的遺體，全身抖動，難過得一句話都說不出來。」露在口罩上的牧師的眼睛變得更紅了，「凡是來得及的事，馬上就去做。阿桃，相信我，不要讓自己後悔。我一會兒就去看父親。」

「我媽……也未必能來吧？我兩個哥哥是不會讓她來的。二哥說我是家裏的恥辱，大哥說早就沒有了我這個弟弟，他甚至跟媽說：您有兩個兒子不是夠了嗎？大把人連一個都沒有……」

「我去和你兩個哥哥談談，你不要灰心。」

「牧師，你這樣做是為了什麼呢？你會得到什麼呢？他們會很不客氣地把你趕走的。牧師，我不想你受辱。」

常牧師輕輕地搖頭，「假如能把他們帶來見你，受辱又如何？主耶穌是上帝，還不是甘心受辱嗎？你等會兒把聯絡電話給我，好嗎？」

阿桃聽了，皺起眉頭，像一條蟲那樣在牀上翻來覆去。他只剩下皮和骨頭的手指有時擋住自己的視線，有時鑽到枕頭底下，這是他出盡全力思考時的身體語言。牧師走到窗旁站着，由得他安靜一下。牧師的提議，不知道是一個機會，還是一種刑罰。對阿桃來說，要和家人見面是刻毒的煎熬，而不見，則是地獄的孤單。良久，阿桃擺擺手，表示他同意了。「如果上帝讓你聯絡到我大哥的話，一切就隨便你吧。」牧師點點頭，取了聯絡方法，沒多說什麼就告辭了。

又過了一個星期。天氣很好，街上人來人往，病房裏電視機播放着卡通歡樂明快的音樂 —— 但阿桃的情況急轉直下，因為肺部感染，雖然用了抗生素，他還是漸漸進入了彌留狀態。上午，醫生對護士說：「那個牧師今天不知來不來，要是不來，二人就沒法再見面了。」護士說：「我相信他一定會來，他星期一下午總是在這裏的。」

到了下午，病房外面來了幾個人。兩個高大強壯、穿着西服的男人扶住一個七十歲左右的女士走進護士間。

不知怎的，已經昏迷、無法自行醒來的阿桃竟然聽得見外面有人在問話：「請問姜偉濤是不是就在這裏？」

「對啊，請跟我來，先穿上保護衣。」護士看見這兩個身材高大、長得極像阿桃但一點都不瘦的男子，不免驚奇。他們那種強烈的健康感使她忍不住問:「兩位是姜先生的弟弟嗎？」

「我們都是他哥哥，這位是我們媽媽。」其中一個回答。

「你們來得及時，姜先生昨天起就開始昏迷了。Auntie，您要有點心理準備。」

三人聽了面面相覷。姜媽媽趕急走進病房，幾乎跌倒，給阿桃的大哥扶住了。動也不能動的阿桃聽見腳步聲漸漸走近，但是他已經睜不開眼睛來，呼吸器蒙住他的鼻子和嘴巴，他意識到自己已給隔絕在一個暗淡而遙遠的世界裏。此時，他多麼想看看母親和兩位哥哥的樣子啊。不過，比起他們，他更想見到牧師，因為他知道自己距離人生的終點近了，他對未知的那一段路有着深沉而巨大的恐懼。他好想告訴牧師，他打算信耶穌，想借助耶穌的力量幫助自己走過這可怕的大黑暗。不過，他聽不到牧師的聲音，反而聽見母親哭了；她嚶嚶地抽泣着，兩位大哥的聲音也哽咽了。二哥說：「阿濤，我是二哥啊，常牧師前幾天親自來訪，叫我們來看你的。我們來了，大哥也在這裏，你睜開眼睛看看我們吧！媽也來了！阿濤，阿濤……」

阿桃覺得有人捉住了他的左手，這手很小，一定是媽媽的了。他很想叫一聲媽，但一切已經不由得他主宰。他無法動彈，只聽見呼吸器發出的怪響，彷彿遠處海岸節奏穩定的黑色浪潮正一步一步地逼近。如今，他單單希望能夠在死前有人教他如何接受耶穌。媽媽的手很冷，比他的還要冷。然後，他發覺右手也給拉住了，是大哥還是二哥的？這手很大，很暖，除了在很小的時候，兩個哥哥從未拉過自己的手。如今，他們都不怕我的愛滋了嗎？阿桃覺得眼睛熱了，脹了，濕了，臉旁癢癢的，淚水滑出去了。他又聽到有人說話，是護士姑娘，她朗聲道：「別碰，讓我來給他抹。」她的好心和機敏使他驚覺自己身體的不潔。母親，哥哥，不要碰我……

不知多少時候過去，哥哥們強行把母親拉開了。他們可能怕她太傷心，沒讓她留下。不過，臨行，大哥在他耳邊不遠之處喊着說：「阿濤，你要振作啊，我們會再來看你的。媽媽不怪你，我也不怪你，只想你能康復；我們都不怪你了……」說到這裏，大哥放聲哭了。之後，阿桃聽見他們離開的步伐。護士也在他旁邊大聲說：「那你就努力醒來吧，要見到媽媽才好。」阿桃努力眨了眨眼睛，但不知道有沒有人看見他這樣回應。

一夜過去了，星期二到臨。不知什麼緣故，阿桃竟然奇蹟地醒了過來。護士來照顧他的時候，他用極度微弱的聲音問道：「常來的那位牧師昨天有來嗎？」護士對他微笑、搖頭：「沒有，他沒來，連我也覺得奇怪，你媽媽和兩位哥哥也說他昨天會來和他們會合的。」

此時，一個年輕男人走進了病房，說要見阿桃。可是，阿桃並不認識他。

「你就是阿桃了？」男人說。

阿桃吃力地點了點頭。

「我是代替常牧師來看你的，阿桃。請問，昨天你媽媽和兩位哥哥來了沒有？」

阿桃又點點頭。

「這就好了。我是傳道人，常牧師的同事。常牧師他……」男人低頭歎息了一聲。「阿桃，常牧師他昨天上午心臟病發突然去世了。那是家族遺傳病，他雖然經常看醫生，但沒能阻止這樣的事發生。」

阿桃驚訝得說不出話來，感覺到巨大的失落和焦急。

「幸虧他生前常對我們說，假如他有事，就去翻看他的日程本，我們是這樣才知道他每個星期的工作細節的。阿桃，他幾乎天天為你禱告，希望你接受耶穌基督。如今，他比你先走一步，到基督那兒去了。」

阿桃默默數算着時間。這麼說，牧師上週遇上意外幾乎死去，如今壽命只多了一星期。而就在這個星期內，他去把媽媽和兩個哥哥都找來了。把該做的工作做完，得到該得的原諒……牧師的聲音細細地迴盪，使阿桃忽然對上帝有了一點點認識。

阿桃很努力地擠出兩個字：「我……信……」然後拼盡力氣道：「我想再……見到牧師……」

林傳道伸出手來，輕輕拉住他的手，說：「那我領你做決志禱告。你同意禱告內容的話，只須要說『阿們』。」

阿桃接受水禮時，就只有兩個當值的護士在場。她們都低着頭，靜靜地抹淚。

兩天之後，阿桃離世，終年二十九歲，比常牧師小十歲。林傳道為姜家奔走辦喪事，說服了兩個哥哥用基督教儀式為阿桃舉行喪禮。只有十來人來參加的喪禮過後，姜媽媽說：「幸得常牧師來找我們，我們才知道阿桃在哪兒，得以見到他最後一面，如今才能給他舉行喪禮。阿桃是有福的，可惜我們沒辦法再說謝謝了。」

「有辦法的，Auntie，」林傳道說：「我為你們禱告天上的父，天父會轉告他的。嗯，來和我一起禱告，好嗎？」

9　新約《聖經》〈哥林多後書〉12 章 9 節

不要效法這個世界，只要心意更新而變化，叫你們察驗何為上帝的善良、純全、可喜悅的旨意。[10]

河石

其實新詩比賽結果公佈之前，阿海已經有點會得獎的感覺，因為他覺得拿去參賽的那首詩是寫得比較好的，而且他直覺自己這段日子連續幾個參賽作品都達到相當高的水平。這是他的第一個創作高峰，無法錯認。二十六歲的他難以把每個作品都推到這樣的高度上，但忽然有了這樣的經歷和靈感之際，他能夠寫出、認出自己的優秀作品來。這是美麗的經驗，是一個真正走在寫作路上的人都能夠不時得到的恩典。平日的閱讀，使他的眼光日見精銳，對別人的和自己的作品都一樣。這種感覺是非常奇妙的：他知道那些寫得漂亮深刻的詩完全出自自己的手，卻又總好像因為得到一些外來之力才得以成就——那是大時空裏忽然傳來的小感悟，就好像上帝介入他的創作，在扶持他，幫助他。在這一段時間內，他很有把握，卻又感到戰戰兢兢，因為有某種意念在他的心裏盤旋，像小氣泡那樣必必卜卜地打開，使他變得謙卑而開闊。相對於盼望能夠維持高水平，他更渴求能夠保有這種深廣喜悅的心境。

賽果揭開，阿海果然拿了冠軍，評判們對他的詩讚口不絕。阿海的出現為所有人帶來驚喜，因為大家習慣從已經薄有名氣的年輕人中猜冠軍，而阿海不在其中。這一次之後，大家開始認識阿海的名字，稱讚之餘，還在圈子裏奔走相告（這樣說是有點誇張，但不無事實基礎），人人更忽然知道了很多關於阿海的資料，例如他來自哪一家大學、文學上師承於誰、曾在哪些文學雜誌發表、目前的工作是哪一家中學的教師等等。不過，這些讚譽來得快，也消失得很快 —— 如果不是他及時又拿了第二次和第三次冠軍，大家是一定會把他忘記的。不過，如此接二連三地拿獎，使他在「行家」心目中的地位日漸穩固下來：年輕詩人莊靖海的名字和他的得獎作品，前輩、平輩、稍微年輕一點的晚輩 —— 如今都聽說過了。

阿海就是這樣「進入」了「文壇」的；而所謂「進入」，其實沒有具體的方式，那個圈子也是個不固定的流質圈子，他只是在不知不覺間多次出席頒獎典禮，安靜而重複地亮相。在那個人來人往、說大不大、說小不小的羣體中，有不少必然出席但重要性不高的緩衝角色，有像阿海這樣的略有點不知所措的小星星，更有些不一定出現、但一言九鼎的寫作界名宿。這些人可厲害了，只要他們肯和你交友，公開讚賞你兩句，你就「紅」了，如果再為你寫個序言什麼的，你的「仕途」(例如拿大獎的機會) 就順利多了。不過，這文壇的最大組成部分仍是那些來來往往、進進出出的大學生或剛從大學畢業幾年、仍未肯安定地工作的小夥子輩。他們是來學習的，來體驗的，來興奮的，但同時也是來觀察的，當然也有只是來「打卡」的。最主要的是，在此處的進出經歷會決定他們日後是否仍然有資格繼續以「寫作人」的身分行走江湖。

那天阿海對幾個一同出席頒獎禮的人有點印象，在你認得我、我認得他的情況下，幾人開口打招呼，成了朋友。但「朋友」的心靈在文學創作上或人際關係上期待着什麼，則互不知曉。阿海的母親說過，毫無防衛就推己及人是危險的，但因為大部分得獎者都很年輕，因此也比較坦朗，此理論似乎不大合適。頒獎之後，大家鬧哄哄地決定一同去吃飯。這個「大家」包括了部分評判和幾個年輕作者，還有一些來看頒獎禮的人。他們三三兩兩地走在馬路上，往酒樓進發，看起來像相識多年的老同學，其實當中隱藏着的陌生感強大得使人咋舌。

開始吃飯的時候，大家只是客客氣氣地胡扯，但阿海已驚奇地發現本地文壇人物的言談並不如他想像中高質，而且是非極多，當中更充滿了驕傲、嫉妒、嘲笑和虛假的同情。但如此豐富的「資料」仍無法「充滿」他們談話的框架，半醉時，有人竟然開始說到鄙俗的話題上去，例如拿女性的某些部位來說笑。這些內容，在他們發表的作品裏，是以前衞的、最高端藝術的姿態出現的，但在飯局裏，它們變回了市井人物的下酒花生。很自然地，有人說要添酒，於是也有人叫來了侍應生，再開了幾瓶啤酒、兩瓶紅酒，然後不知怎的，大家驚訝地發現某位評判竟然早有預謀地帶來了一瓶干邑。

阿海讀過諾貝爾獎得主艾利斯・門羅的小説，其中一個短篇寫一個業餘女詩人於「甚有性格」的作家派對中認識了一個男人，結果在大麻和菸酒的「幫助」下搞起男女關係來，而這種「搞」，幾乎是一種「有節制的」共識，而非無法自控的愛情。其時兩人都已婚、有孩子，結局是其中一個幼孩幾乎在大人鬼混時出了意外。到了此刻，當母親的才給嚇醒、放棄了這段關係，然後她若無其事地回到毫不知情的丈夫身邊。門羅柔麗輕盈的筆調承托着巨大的悲劇和這悲劇的戲劇面紗，是個好小說，也是極其嚴重的警告。

阿海是有女朋友的，她叫做薇薇，是個很獨立的女孩子。她大學畢業後剛開始當記者，心靈裏一時間消化不了社會給她的驚訝。男朋友得獎的歡喜，暫時沖淡了種種社會不義帶來的憂傷。看完了頒獎禮，她歎口氣，又回到報館去工作了。阿海獨自列席於這一幫有名無名、年長年幼的「作家」之中，想起薇薇面對的一切，也漸漸有了點警覺。他很清楚地知道自己不要成為門羅小說的主角，但這酒樓內仍有一點暗藏着的什麼，使阿海深感憂慮。也許是尚未完全滿足的對虛榮的追求，或是未能夠「埋堆」的不安，或是「同行」對自己的眼光。他最介意別人認為他死板、缺乏創意，他沒有把握能夠逃脱這一切的召喚。此時，大家的討論忽然又嚴肅起來了：作家，是否都該有點任性？否則，他如何經歷各種各樣的生命的細節？偷情未試過、戀母情結未試過、精神分裂未試過、浪子回不了頭也未試過……誰能夠當上出色的詩人和小說家呢？

為此，當大家都開始飲一杯啤酒加半杯紅酒的時候，阿海竟然伸出杯子來，他要了五分一杯干邑。當他把鼻子挪近杯沿，整個人像從椅子上升了起來似的，那種芳醇籠罩着他，使他所有的感官都自動打開，高舉着處於正中央的嗅覺。真香！他把杯子傾斜，放在自己的下唇上。一點酒在那兒打開了一道半公分的門，把他帶進一個旁若無人的世界。但那個原來的喧鬧場景給推開幾步的同時，其中的戲劇竟然變得更清晰了。他聽見有人說：「莊靖海，好樣的！年紀輕輕竟敢進入烈酒的層次，來，我們乾杯！」阿海禮貌地舉起杯子，然後再讓一點點酒滑進兩唇中間。只有五分一杯，他的杯子真的乾了，正因為節制，阿海感到了酒的非凡魅力。

一個多小時過去了，席上的菜餚漸少，大家都在不停地喝酒，談話也愈來愈大聲，阿海聽見的話也愈來愈動人心魄。一位前輩對他身邊的另一得獎者說：「你的作品若再奔放一點，就可以拿冠軍了。」當然，那人正是拿亞軍的，而阿海就是那個冠軍——前輩開口，怎麼不考慮他人的感受呢？這樣的話，當着阿海說，是不是有點刻意？那前輩繼續：「你的問題是你信耶穌，因此未免保守。基督徒這樣不能做、那樣不對勁，你寫什麼詩？拿亞軍，可能已經是你的極限。」阿海看看那個得獎的詩友，對方的臉很紅，看來已經半醉了，但聞言無法不憂愁地苦笑起來——阿海很驚奇地看見他不停地點頭。前輩繼續說：「我寫詩之前總會喝點酒，起碼是紅酒。」阿海很不情願地完全吸收了這句話。他在思量：要保住我的冠軍，我是不是也該學會喝酒？需要喝醉嗎？喝酒之後，會頭痛嗎？第二天上課，能把書教好嗎？當上了教師，這麼正氣，是否等於說已經斷送了做詩人的前途？

忽然，一句粗話冒起——不像生氣需要罵人，不像壓力下需要發洩，只是某人十分興奮時的一句閒話——與其說是忍不住說的，不如說是為說而說的。阿海很緊張，他平日最難做的工作之一，就是教導他的學生停止講粗口。但此時，他聽見的是很多人為了此話高聲哄笑，更多的粗話如潮湧來。阿海懂得，粗口是侮辱他人或咒詛對方的話，他就是用這個理由叫孩子們將之戒絕的，但原來粗口是可以這樣說的，大大聲地、盡情地說，就像把腳踩在明晰的界線上、單獨為快感和個人形象而說。

阿海想着是否要離開。忽然碰的一聲，一個中年詩人橫向倒下，落在另一個人身上。大家又大笑起來，趕忙把他扶回椅子上。桌上有電話響起，正是找這位中年詩人的。他粗魯地「喂」了一聲，掛了線，就罵起來：「我的老婆他媽的比慈禧太后更專制！我不走，我就是不走！管得了我？」原來是太太打來的。他平日很斯文，而且十分有禮，如今卻痛罵起太太來，令大家再度哄堂大笑。就在此刻，阿海忽然心寒了。為了把詩寫好，他會這樣對待薇薇嗎？他預期着這樣的愛情關係嗎？他對身邊的「朋友」說：我留下二百元，勞煩你一會代我付賬，不夠的我日後補上。

「哈，小朋友，你這是什麼意思？！十點不夠就走啦？你不是喝了我的干邑嗎？還未進場呢！來，再玩一會。」那位帶着烈酒來頒獎禮的評判說。

「謝謝您，前輩。」阿海站起來，卻幾乎站不穩。那是因為慌亂，而非醉酒。「我明天六點就得起牀上班了，我是教書的。」

「教書的，教書的，啊，原來是阿 Sir⋯⋯難得呢，寫詩。」其實，誰不早就知道阿海的職業？這句「阿 Sir」不無嘲諷。阿海開始掌握他們的特質了，看不起所有不像「詩人」的人，用嘲笑對方的責任感來養育自己活潑瀟灑的形象，大概正是他們最享受的感覺。

阿海終於起身離開現場了，但臨行聽到了更使他震驚的話。席上一位老詩人竟然談到他的嫖妓經驗了！阿海回頭，一手拉住那個基督徒詩友，把他從椅子扯起來。「你也該走啦，明天上班！」那人傻傻地站起來跟着走，一面不斷因早退鞠躬道歉。

走到路上，店子很多都準備打烊了。阿海讓他搭着自己的肩頭，說：「你是做什麼工作的？」對方想都不想就回答：「作家。」阿海停了一會，問道：「做作家能餬口嗎？」對方醉眼惺忪，看着阿海：「當然不行啦，難道你可以嗎？你拿冠軍也得教書啦。其實我是做平面設計師的。」阿海聞語釋然：他還不至於太醉。

阿海把他送上了的士，用力替他關上車門。這「砰」一聲使阿海更加醒了一醒。「我要不要做作家？」他問自己。他要的，他是多麼想做一個出色的作家啊 —— 即使做不了杜甫，也想做杜牧。但不知何故，他打了一個寒戰。接通了電話，女朋友薇薇的聲音細細地響起。阿海說：「薇薇，我現在回家了。」薇薇溫柔道：「你吃完飯了？認識了什麼前輩嗎？」

「認識了好幾個，不過，部分該不會怎麼來往的了。」

「他們很難相處嗎？」薇薇很體貼。

「薇薇，我愛你。」

「九唔搭八的小傻瓜，你一定喝了酒了。」

「不，這是清醒的話，你不可輕看。薇薇，你說，我可以做個好詩人嗎？」

薇薇不語。過了兩秒，她說：「阿海，明天要上班，先做個人吧。」

阿海砰然心動，熱淚盈眶。那家飯店的燈仍然喧嘩地亮着，裏面的人大概仍在拍檯打腿哈哈大笑。阿海看看手機上的時間，對薇薇說：「你工作吧，我也要早點回家把作文改完。再聯絡。」

掛線後，阿海看見自己的影子落在街燈的光暈裏。這光和飯店的彩燈不同，它柔和而充實，卻不誇張、不刺眼。前面的一步是很清晰的，影子移動着，卻一點都不混亂。為了省錢，他走向前面的巴士站。雖然剛剛拿了萬多元獎金，他只打算和薇薇去吃一頓小小的茶餐，然後把大部分錢交給母親。安安靜靜的這一程車將要成為他下一首詩的題材，這是和誰吃飯喝酒打交道都不能代替的。上了車，他拿出一本 Kevin Hart 的詩集來讀。有一首詩這樣說：

河石

能握住這凹凸不平的石子真好
它說，「我在這裏，」而這，比諸
那些貪圖説話和呻吟又從一道脹滿的門
於背後窺伺你的人豐富得多了

當我一整天握住這石子
有時讓它的粗糙擦紅我的皮膚
有時讓它的清涼成為我的歌
讓它的狂野把我引進內心的深處

阿海把詩集握得緊緊的。他已經明白：一大堆人，無論是誰，無論有多高的才華、多大的感染力或圈子裏的勢力，都無法讓他寫出這樣的好詩來。他的河石，早就安躺於自己的手心。

10 新約《聖經》〈羅馬書〉12 章 2 節

天國好像一粒芥菜種，有人拿去種在田裏。[11]

椅子

學校歷來平安，學生是第一流的：用功、上進、在外頭屢屢獲獎；雖然都是屋邨孩子，資源不多，但他們一向都很懂事，到了高中尤其如此。因此，除了老教師退休，教職員流動性不高。如今校際朗誦節剛完結，孩子們得到了一冠兩亞三季的好成績，人人都很開心。大家的工作進度也沒有人來挑剔。比起其他中學，這兒大概是打工天堂了。校長亦懂得恩威並施，就此，也沒有誰敢説些什麼。然而，就在不久前期中測驗完成的那一個晚上，教員室失竊了。失去了二千元的是全校公認的美女老師陳倩芷，她是教中文的。陳老師一向儉樸，故此事令她特別心痛。

事情是這樣開始的。那天下午六點半，陳老師和李老師餓得厲害，就客氣地對留在那兒的張主任説：「我們要出去吃飯，張老師，要不要買點吃的給你？」張抬頭微笑，他瞄瞄校長室，說：「我等一等他再說，你們去吧。」被拒絕了，氣氛有點僵，卻同時讓人如釋重負，大家哈哈笑了兩聲，就分開了。

教數學的李明剛老師行事為人精明準確，他一走出學校大門，就藉過馬路的當兒一把拉住了她的手，連一秒鐘的時間都沒有浪費 —— 這樣的迅速行動，對第一次拉手來說，是有必要的。然後他倆一直沒再走上行人道，只沿着危險的馬路邊走。「吃什麼？」李溫柔地問。陳說：「明天是你的生日，我們要慶祝。可是後天的課堂滿滿的，明晚我們應該沒什麼時間吃飯。我今天請你吃日本菜，好嗎？看，我今天特別穿了裙子啊。」陳老師一面說着，一面把手伸進手提包。「哎喲！」她驚叫起來：「我的錢包放桌子上了，昨天我還特意提了兩千元出來請你吃飯的，回去拿？」李搖搖頭：「拿什麼，我這裏有錢。老張會給你看着錢包的了。」

他們於一個多小時後才回到教員室去找錢包。老張走了，趙副校長和林主任、資深的凌 Sir 和 Miss Leung 同樣走了。他們一般都一起吃飯。校長室一片黑暗，只有教員室的廊燈還沒熄。陳老師急促拿起桌子上的東西 —— 尤其是錢包 —— 打開來檢查。此時校工梅姐探頭進來問：「沒有人了嗎？沒有的話，我關燈了。」陳老師道：「等一等。」她低頭細看，發現那兩千元不見了，剩下的只有幾百塊零碎的紙幣。「我的錢不見了！兩千元啊！」

梅姐和李老師一同趨前：「不會吧？再檢查一次。」陳老師翻開了錢包，眼睛泡着淚水，已經滿口哭腔：「二千元那麼多啊！」李老師反應地問：「要報警嗎？」梅姐馬上阻止：「不要，不要！明天再找找看。」

第二天的第一節陳老師沒課，但一回校就給校長召見了。校長問：「你為了二千元要報警？」陳老師嚇壞了：「沒有，我……這是李老師提議的。」一分鐘後，李老師同樣給召到了校長室來。校長為他們二人做了最後決定，這是不幸事件，應該大事化小，不能報警，結論是以後自己小心財物，陳老師說對不起，先認錯了，鼓着腮回到了教員室。李老師的腮鼓得更脹，不但沒再提起生日的事，從此，他再沒有約會陳老師了。當時，兩人都沒說什麼話，心裏同樣生氣。陳老師生校長的氣，李老師生陳老師的氣。不過，陳老師的二千元不翼而飛的事，很快就於校園不脛而走，最後連隔壁的學校也知道了。自此，兩校人心惶惶，向來仁慈和藹的梅姐和三嬸以及總務京強叔漸漸都變得陰深可怕，臉上的皺紋愈拉愈緊，簡言之，樣子都成了話梅乾。因為拿着學校每一個房間的鑰匙，他們嫌疑最大。張主任、副校長和校長也不見得是好人，因為他們永遠地進行着階級鬥爭——只肯和主任級以上的「鹹魚抵渴派」一起吃飯，對於輪流付錢天天在海鮮酒家吃完飯才回家的這幾個高層來說，二千元也說得上是一種日常幫補了。

陳老師「出賣」李老師，說首先提出要報警的是他，使「李男神」的一眾粉絲十分憤怒。李明剛老師是數學天才，表達能力強，而且英俊高大，他和男同學一起踢足球，又給成績不好的同學補習。如今不知怎的，竟然無端被校長訓斥一頓，以致和他有關無關的學生全都憤憤不平。陳老師來上中文課時他們就都「黑口黑面」、全無反應。雖然李老師是唯一沒有盜竊嫌疑的人，二人的戀情如今有疾而終。

陳老師打開書本，看着韓非子的〈疑人偷斧〉，覺得如果學校裏只有一個人突然看來像小偷，那還好一點，但如今每一個人都變得像個賊，她感到很驚恐，就連午飯也不敢出去吃，胡亂吞兩塊餅就伏在桌子上睡去，睡時把手提包緊緊抱在懷裏。這種突如其來的轉變使她自己很吃驚，也很憤怒。她是受害者，為什麼要她來忍受這種焦慮不安、不受歡迎的懲罰？人人都說她在這裏教書是優差——學生成績好，同事在行頭裏有名望；而且學校離她家只兩個巴士站，對她來說，這幾乎是一家沒有缺點的中學了，為何她會如此不快？差不多要閉上眼睛的時候，她瞥見了幾個孤獨的身影。他們同樣伏在桌子上休息，希望下午精神會好一點。就只幾天，她已被嫌犯和小器鬼趕逐到這組羣裏來，與失戀、孤立、睡不飽和沒有朋友的人在一起——這就是她失去二千元的懲罰嗎？

教務繁多，校務更惱人，加上心情不好、彼此猜疑的氣氛瀰漫着整個空間，被罵的孩子開始多起來了。隨時走進教員室，你都會聽見某某老師在教訓學生，或者在背後投訴他們的不長進。這和往日很不同了。老師們開始在提防和憤恨中度日、交流甚少，心裏都在想：有人不見了錢，為什麼關連我了？太無辜了。未幾，教員室裏更開始有些點名道姓的埋怨聲：「梅姐太不像樣了，這裏的灰塵一千年都未曾抹過。」「那天我叫她幫我買一杯奶茶，她帶回來的是凍檸茶，而且還少找回兩元。」聞言的其他老師沒作聲，心裏想：「你本來就不該叫梅姐去給你買下午茶，兩元就吵通天了，人家不見了二千元呢。——但那也不知是不是誇大的説法……」

經過多番類似的「思考」之後，偷錢的嫌疑犯範圍漸漸收窄，如今就只剩下梅姐一個了，不過，校長和主任們的勢利，同事的疑心重重和嚴肅自私，發動學生粉絲來對付某些老師的壞心腸，學生的無理無禮和不學無術，老師們的失戀、抑鬱、遲到、早退、睡眠不足、在走廊上暈倒等事，卻漸漸多起來，聽説就連廁所也比以前臭多了。

校長榮休，大家吃了一頓飯，也不知道該高興還是該憂慮，總之草草了事。副校長升不上校長的位置，抱憾他去。同年梅姐退休，前兩人臨走全校飲茶，梅姐則無人理會。新校長來了，人比較年輕，很瘦，架着眼鏡，總在微笑。聽說是教育學博士。同事們最怕他新官上任三把火，如今士氣低落，工作陡增的話，應該會出現離職潮。

幸好這位校長開會時只說：各位，我會先花兩個月時間適應學校的文化，大家按照平時那樣工作就好了。老師們聞言，真是無限感激，但轉念又想：幌子而已，哪有校長不爭功？

開學第二天下午，正值星期五，學校放半天假，老師們也不用開什麼座談會。這是前所未有的安排。大家午飯後回到演講室，王校長有事宣布。他一開始就笑着說，校監命人送來了禮物。可是，他手上沒有拿着什麼，只叫同事猜一猜。同事們猜了電腦、新投影機、書本、巧克力、微波爐、咖啡機、乾手吹風機、椅墊……但全部都不是。因為這一猜，大家平日的冷漠竟然消除了不少。有同事終於頑皮起來，高聲說：最好是全新的電動按摩椅，有熱能和可以從手機看電影的那種啦！說完，大家都拍起手來尖叫。這種熱鬧場面已經很少見了。豈料校長哈的一聲大叫道：「黃總，全對！」黃副校長忽然變成了黃總，十分驚喜，他開心得站起來向四方拱手行禮。王校長續道：「現在由黃總先行試坐，向大家示範。」於是一行人來到了黑房。

黑房是膠卷時代攝影學會用的，現在大家都用數碼照相機、甚至手提電話來拍照了，黑房一直只用來放置一些捨不得馬上丟掉的廢物。大家開門一看，原來裏面已經弄得好清潔，還放着香薰，安裝了新的燈和抽風機，右面放了幾個書架，左面是一張小几，放置了一套功夫茶的茶具和一個電熱水壺。房間中央擺着一張簇新的按摩椅，正正就是黃副校長描述的、綽號叫做「紳士」的那一款，售價三萬多元。黃副校長伸手請校長先試，校長說，我試過了，您來。他繼續宣布：這是特別為教職員訂購的，這邊有一個本子，同事可以先在這表格上預訂使用時間，每一次一節課，每週不可以多於三次，只要沒有課就可以來用了。當然，假如同事願意犧牲自己的權利，把自己預訂了的時間送給別的同事使用，是可以的。這邊還有幾十個眼罩，是送椅子的人同時送來的，同事可以每人拿一個回家，做個記號，以後，這個眼罩就是你休息時專用的了。

這突如其來的事令同事們很興奮，但大家仍有點戒心：這會不會是校長和校委會的新圈套？也有同事說：管他呢，是他叫我們來休息的，我就不信他們敢作什麼。於是，大膽的人開始預訂按摩的時間。未幾，休息過的同事都在教員室裏說那椅子的推拿力度很不錯，十分「到位」，有時甚至會讓你感到痛，之後沉睡個十來分鐘，醒來之後整個下午可謂奪胎換骨。陳老師此時正好走過，隨口問：有那麼好嗎？大家的答案是她應該親自試一試。「不過，這兩個星期好像都訂滿了。」她好生失望，苦笑着回到自己的座位。如果在下午的兩節課前可以小睡十來分鐘，她寧願不吃飯啊。她攤開手上的東西，冷不防發現了一張小紙條：「下星期我預訂了三次，你要不要試一試？」是李明剛。他怎麼又回來了？不生氣了嗎？陳老師拿起字條，有少許反感，也有點竊喜。要不要領情？手機震起來，是年輕體育老師譚子力的訊息：「我定了椅子時間，你可以先來用，別累壞身體。」一種報復的心態在心中冒起：李先生你以為你是誰？說表態就表態，說放手就放手？但她依然很不安，她心裏的人還是李明剛，因此她兩者都沒答應。大家坐了幾個月的按摩椅，她還是抱住手提包伏案午睡。

到真的半臥在無比舒服的按摩椅上，已經是半年後的事了，她舒服得流下淚來。這段日子以來，她到底在堅持什麼呢？她真的很感激那個送椅子的人，她也很感激堅持要她過來休息的中文科科主任劉老師。後來她才曉得，劉老師每週都預訂三次，但幾乎每次都給了中文組的同事，而她不過是受惠者之一。才不過半年，學校的氣氛似乎又改變了，變得比失竊以前更開心。是新校長的功勞嗎？不像。這位校長有點無為而治，使人變好的，可能只是按摩椅帶來的小休息，或者該說，是送椅子來的那個人。可是，在她閉上眼睛，戴上眼罩之前她還不忘輕蔑地嘲笑自己：世界沒那麼美好，別想壞你的腦子——那二千元是誰偷的？還未抓到元兇呢！忽然，閉上的眼睛變出了梅姐的樣子來。小偷，你把學校弄壞了就拂袖而去，陳老師哼了一聲才睡去。

剛完成的校際朗誦節再度帶來了個冠軍，陳老師感到天色變得有點晴朗了。開始秋涼，她回到南區的老家取回給媽媽處理過的衣服。母親幫忙把她的衣褲拿出來，她特別挑出一條，拿着對女兒說：「你知道這褲子右面大腿部分開始破了嗎？你別糊裏糊塗就穿着上學，會讓學生笑破肚子的。為人師表，還是那樣粗心大意。還有，這褲袋裏有兩千塊錢，還有提款單，都在這裏了。」

陳老師驚訝地抓住那條褲子和那張提款單，又伸手接過那四張五百塊鈔票，激動得說不出話來。豈料媽媽還說：「你這種糊塗蟲的人生總是滿有驚喜的，但關心你的人卻要先服驚風散。」

陳老師當夜就把李老師約了出來——而他竟然肯來——因為他又生日了。兩人吃完飯，在海濱長廊上走了很久。她先伸出手來拉住他的，說：「明天我定了椅子，你會用嗎？上星期我用了你的時間。」他把手從她的掌心用力抽出來——然後擁抱她。那是個水落石出的晚上，兩人都很感慨。那莫名其妙地錯過了的一年、意氣用事地損失了的一年，竟然由一張椅子修補了。

當然，到最後都沒有人知道提出送椅子的人是誰，只有寫小說的和從不出現的校監知道。他是梅姐好友的侄兒，從她口中，他知道了學校這一年來的急速敗壞和工作困境。梅姐肯定地說，這一切，都因為老師們太疲倦了。好友的侄兒說：「梅姐，他們這樣對你，你還那麼疼他們嗎？」梅姐說：「我讀書少，不懂得教學生，不過，我知道老師們最需要什麼。」校監問：「需要什麼？」梅姐說：「就一張椅子嘛。」

11 新約《聖經》〈馬太福音〉13 章 31 節

後記

這本小說集叫做《過程》，名字取自集中的一個故事。

第一個短篇〈義肢〉探討的是付出與成果的問題。小說裏的大學生，為了拯救一個胡亂過馬路的小學生而失去了一條腿，但他奮不顧身去救的那個小女孩竟然死了。值得嗎？在失去右腿、心靈最痛苦的時候，他認為此事代價太大而毫無成果，陷入情緒低潮。但人的視野是有限的，我們付出了，看不見成果；但成果其實已經在某時某地 —— 甚至早於我們的付出 —— 就出現了。這是天父世界，我們有幸參與其中，人生的意義不是一個又一個掛在單一事件上的價錢牌，我們不必斤斤計較當中的所謂「值得不值得」。得失的關鍵，在於是否蒙上帝悅納。寫這本小說集的時候，我就是帶着這樣的心情按下每一個方鍵的。

這本書的十一個短篇小說，都以年輕人為主角或敘述者，其中大部分是大學生或剛剛出來工作的男男女女。我不會說這些短篇小說都建基於真實的事件，但故事當中總有一點現實元素，有一些我的經歷，而它們都成了我寫作時每一程的啟動器。人物全都是創作出來的，認識我的人一定不會自行對號入座。

很多人都覺得為年輕人寫的故事都應該充滿讚許、鼓舞、勵志的話語，不宜包含譴責的口脗或呈現作者的悲觀心態。我大致同意這一點，但我對我們的新一代有更高的期望。我期望他們比想像中更有能力接受現實中的種種真相、挑戰與磨難，更有勇氣去認識自己的狹窄、敏感、英雄主義及虛榮心——然後通過深刻的反省去糾正自己的錯誤。因此，集中有兩個故事的女主角都很不討好。〈劏房女孩〉中的方意敏，在家庭遭逢慘變之後不但沒有懂事起來，反而任性自私，直到她受到真正的親情與愛情的深刻感化。〈一公分〉中的韓蕊則傲慢而好勝，凡事暗暗與人較量，卻又經不起「輸」的現實，最後她因誤會自己輸掉了一切，謙卑下來，才重回正軌。過去我很少以這種負面的青年人做故事的主角，這對我來說算是新嘗試。

這一輯短篇小說，部分比較輕鬆，〈八個地鐵站〉就是例子。這個故事讀來輕盈，因為故事裏經歷沉重的不是我們十八歲的小主角，而是上一代。但書裏其他故事有不少是描述艱難境況的。〈過程〉寫的是一個家庭面對至親漸漸死去的過程。面對這殘酷的現實，有人逃避處境，有人否認事實；成員開始因生死觀念的不同而吵架。最後，死亡真的發生了。一如每個家一樣，他們從極度興旺漸漸走向鬆散、寂寞與衰微，從完整逐步走向破損和瓦解。我書寫這個無甚特別的家庭，絕非為了賺人熱淚，而是想年輕人知道，即使在最健康、最幸福的處境裏，一個家的發展過程還是一樣的，死亡只不過是一次比較明顯的衝擊。我希望讀者在成長的歡樂時光裏，就學會孝敬父母。

本來完整的家尚且如此，破碎了的家庭又如何呢？在另外幾個故事裏，我筆下的家庭都是充滿裂痕的。一個放縱情慾的年輕人染上了愛滋病，母親和兄長都避而遠之，直到臨終，他們的關係才由一個熱心的牧師用他最後一星期的生命縫合了。有些看似不錯的家庭當中的天倫之樂原來是盜竊得來的，這樣的關係，還不如乾脆的破裂來得正直。幸福的定義很複雜，我不能用一兩個故事說得完。當幸福變得遙遠，我們常常以為自己是命運的受害者，其實我們真正的身分是加害者。總之，家庭的哀歌是永遠唱不完的，但除了家庭，我們幾乎無法在別的地方找得到具體細緻的幸福，因此我們失望、跌倒，也因此我們必須在原來的地方重新站起來。

集中有一個叫做〈筆順〉的故事，兩個主角是一老一少。「老」的其實不怎麼老，只不過五六十歲。他是個和世界脫了節的人物。他用筆來寫字、創作，在茶餐廳叫一杯咖啡，就坐在那兒寫上好半天。他的桌子上沒電腦，永遠只有原稿紙。正因他是最後一代紙筆寫作人，他寫得一手好書法。他離婚了，妻兒他去，生命中最後一個對他有意義的人，是個中一的小男孩。他們這一代人離去後，世界再沒多少人會在原稿紙上寫作了，悅目的硬筆書法不再是作家的必然財產。他的離世，標誌着一整代懂得寫字的人的消失。我們的年輕人常常喊着保育的口號，他們保育街道、店鋪、手工藝品，卻從未意識到要保育最貼身的文化財產 —— 例如通順的書面語，有禮貌有風度的言語行為、完整的表達能力，優雅的書法……我在故事裏說，即使是中文老師，其書法也不見得很好。據我所知，現實更加不堪。故事中的初中孩子，是依從我個人的願望誕生的。他是個超越死亡的繼承者，保護着「大叔」那一輩留下的文化遺產。我希望真的有這麼一個（或一些）孩子，還看得見書法的重要，肯花時間去練習寫字。

〈河石〉的男主角是個新晉作家，只有二十多歲，正是面對虛名的衝擊的年紀。我因為有機會在大學教書，見證過很多年輕人畢業後仍選擇寫作，部分卻在品德上跌倒了。很多人誤以為當作家或藝術家的不多不少都該有點任性，甚至邪門，認為他們這樣才趕得上潮流，才顯得「有型有格」，或說得上風流浪漫。實情不是這樣的。世界上許多第一流的大作家不但讀很多書，他們生活上的紀律性也很強，品格更為人稱讚。個人認為作家除了聰穎、敏鋭、文字好、具深度，更須有崇高的心靈，才能寫出透悟人性、洞悉世情和充滿悲憫的好作品。〈河石〉是我對年輕寫作人真心的勸勉。

〈椅子〉也許有點搞笑。但你若問我，我對今天的社會有何看法，這個故事發生的地方 —— 一家中學 —— 就是我眼中的今日香港了。在存心誤會、諉過於人、枉屈正直和傷人自保的過程中，我們都累了，我們需要一張讓人休息的大椅子，我們需要一個真正可靠的懷抱（對我而言，祂就是主耶穌）；我們需要解怨而非積恨，我們不應努力尋找別人的錯處來讓自己興奮，我們有責任為犯錯的人祈禱，而非無的放矢地不斷發出咒詛。我希望這本書能夠成為你的椅子，讓你稍微停下，為下一個目標好好加油。

這本小書寫完了，我覺得快樂。但願我的編者和讀者，也有同樣的感覺。